希望你们谈恋爱的时候

也能碰到一个愿意跟你认认真真吵架的人

再多疑惑和误解

没关系,两个人坐下来坦诚的吵架

把心底的不爽都说清楚

吵完认真的拥抱,一起去吃早餐

张张 2018.03.07

让世界替我告白

丁钰琼 张子凡 著

图书在版编目（CIP）数据

让世界替我告白/丁钰琼,张子凡著. —青岛:青岛出版社,2022.4
ISBN 978-7-5552-9637-9

Ⅰ.①让… Ⅱ.①丁… ②张… Ⅲ.①长篇小说－中国－当代 Ⅳ.①I247.5

中国版本图书馆CIP数据核字（2020）第214361号

RANG SHIJIE TI WO GAOBAI

书　　名	让世界替我告白
作　　者	丁钰琼　张子凡
出版发行	青岛出版社
社　　址	青岛市海尔路182号（266061）
本社网址	http://www.qdpub.com
邮购电话	18613853563　0532-68068091
责任编辑	李文峰
特约编辑	孙小淋　徐馨如
校　　对	刘　军
装帧设计	千　千
照　　排	梁　霞
印　　刷	三河市良远印务有限公司
出版日期	2022年4月第1版　2022年4月第1次印刷
开　　本	32开（880mm×1230mm）
印　　张	9.5
字　　数	202千
书　　号	ISBN 978-7-5552-9637-9
定　　价	39.80元

编校印装质量、盗版监督服务电话 4006532017　0532-68068050

这本书收集了我们恋爱状态的微小瞬间
不成熟的文字送给那时候青涩的我们

谢谢用尽全力奔赴向我的你

狐狸说:"于我而言,你只是一个小男孩,就像其他成千上万个小男孩一样没有什么差别。我不需要你。你也不需要我。于你而言,我也仅仅是一只狐狸,和其他成千上万的狐狸没有什么差别。然而,如果你驯养了我,我们将会变得需要彼此。于我而言,你就是我在这个世界里绝无仅有的存在;我之于你,也将会变成唯一。"

"我想要被你驯服。"

不论你驯服的是什么,都要对其负责,直到永远。

——安东尼·德·圣-埃克苏佩里:《小王子》

目录

PART 01
恋爱交换日记

001

PART 02
人间观察指南

189

PART 03
恋爱招待所

229

PART 04
好想和你过余生

265

写在最后

289

PART 01

恋爱交换日记

从开始，到现在

文 / 叮叮

从前，有个女孩捡到了一只流浪猫，那只流浪猫脏脏的、瘦瘦的，还胆小，对世界充满敌意。很巧的是，那一天，这个女孩刚好吃了火锅。

她身上残留着的火锅味是这只流浪猫最爱的味道。于是流浪猫一直跟着她回了家，在她家门口待了一夜。

女孩很善良，偶尔会在门边放些猫粮。于是，这只猫开始常在她家门口转悠。几天之后，街坊邻居都对这只猫有了意见，说它见到谁都叫，怒发冲冠的，还脏兮兮的，身上满是寄生虫，打算将它赶走。

这只猫口碑很差的事让女孩知道了，女孩还听说街坊邻居要来抓它，她赶紧把它领进门，给它洗澡、梳毛、打针。

这只猫虽然很胆小，但女孩一直抱着它、安慰它，每天和它打打闹闹，你追我赶。流浪猫也就渐渐变样了，变得毛色鲜亮，每天在家也神气十足的，唯一没变的就是依然对别人凶神恶煞，只对女孩很温柔。

后来的某一天，女孩带着猫去逛街，有位爱猫人士看到它后，问女孩："哇！这猫好漂亮，你从哪里弄到的呀？"

女孩笑了，没有回应。

和刚刚的故事一样，我和张张初次见面时，也是一个下着大雨的夜晚。我们参加同一个面试，我上完舞蹈课就急急地赶过去了，当时没时间收拾，还盘着头发。

而他说，在昏暗的楼道里见到我时，第一眼就被我吸引了。

因为他特别喜欢头发扎起来的女生，就像那只爱闻火锅味的猫。所以他留意了我，之后还在网上找我的消息，可能这就是缘分的开始吧。

他很没有耐心，却总是在等我，从开始到现在。

和他正式认识的第一天，是个雨天，我们参加的微电影拍摄活动通知我们先在学校主大楼集合，然后化妆、对台词。我是学姐介绍来参加的，所以对团队的人都不是很熟悉，到了之后也就是互相打个招呼，然后就乖乖地听安排了。

他来了之后，好像也跟大家没有很多的互动，但很多人会过去跟他说话。整顿好之后，便准备走路去拍摄场地，大家便下楼，三三两两地撑着伞出发。我撑着伞安安静静地跟着。

路过宿舍楼下的便利店，我想进去买水，但前面的同学走得快，已经离我有些距离了，于是我打算快速地买了水再追上他们。

进了店，我想着他们估计走远了，也可能没发现我不在，这种感觉不太好受。等我拿着水走出商店时，转头就看见他站在前面不远处，眯着眼睛歪着头看我。我的心里泛起一丝暖意，不知道他是不是在等我，他也没有说话。看到我出来，他就打开伞继续往前走，我俩就这么一前一后地走着。

我们的第一天见面，我对他最深的印象就是他在等我，我出来跟他四目相对的那一瞬间了。

那天晚上，明明没有他的戏份，他还是以向我学习为借口，陪了我一个晚上，在旁边跟我挤眉弄眼地偷笑。

所以，我想起来还是觉得挺奇妙的，原来我们还没在一起的时候，他就开始等我了。

我们在一起之后，他经常会在宿舍楼下等我。

因为我们专业不同，所以宿舍楼不在一起，隔着两条马路的距离。我们宿舍楼下有个小广场，路边还有石凳，他就坐在最中间的石凳上等我。

有个周六的早晨，我要坐很早的动车回家。他前一天说早起送我去动车站。结果我第二天完全睡蒙了，没有听到闹铃声和电话铃声，最后被室友摇醒，说我男朋友都给她打电话啦。我跳起来跑到阳台上一看，他坐在那个石凳上跟我远远地对视……估计是坐着等我很久了……接着就带我一路狂奔，去赶动车。

有时候不是一个班的朋友碰见我，问我："昨天又跟男朋友见面啦？"

我说："你怎么知道？"

朋友说："我在阳台洗衣服的时候看见你男朋友坐在下面等你了。"

我们见面的频率完全暴露，哈哈哈，后来他就换到学校门口等我了。

有一天我俩一整天没见面，各忙各的事。到了晚上，我还在排练。原本八点半就应该要结束的，但大家讨论得太激烈了，一直在聊服装、道具等方面的事，拖了好久，九点半时终于结束了。我一出门就看到他站在教学楼门厅处，他应该是八点半就在这儿等了……我觉得好抱歉，赶紧抱着他的手臂说了点儿好听的话。我说："你是不是很累了，我把你送回寝室后就回去。"

他给了我一个白眼，说自己头疼。

我说："那赶紧回去吧，走快点儿。"

但他走两步就扯着抱我，把头埋在我的脖子里。走两步又要抱着我，后面全是人，我真怀疑他到底是不是等了我一个小时还头疼的人……

十分钟的路我们走走停停了好久。

我说："你等了我这么久，怎么还能一路这么开心？"

他说："因为我爱你，爱到能忽略头疼。"

回到寝室之后，我觉得好甜，哪怕大家都累了一天，哪怕我们已经在一起这么久了。

很多朋友说，现在男生有时间陪你，等以后工作忙了就不一定了。我说没事，他一直跟我说"我和你在一起，做得最多的事情就是等你"。

等，是一件很磨人、需要耐心的事。很多人愿意爱你，但不一定愿意等你。

节假日我都是固定地在培训中心上课，教小朋友们跳舞。上课地点大概离学校有半个小时的车程。

  他第一次陪我去的时候是上晚课，当时那个培训中心还没有扩建，没有休息处，只有一间教室。我说了好多次不让他去，因为不能在教室里等我，外面也没地方坐。每次他都有好多的话来反驳我："我可以自己在外面找地方待着。""我等你的时候可以玩游戏，不无聊。"没办法，我就让他跟着去了，虽然嘴上说不愿意让他去，但还是很开心的。因为第一次有男朋友陪我去上课，他愿意来了解我的生活。

  那次大概是一个半小时的课程，他在外面吹了那么久的风等我。我一下课就急忙地收拾了东西出去，看到他已经站在门外了。

  我说："你刚才不会是一直站着等我的吧？"

  他说："没有，我找到了一个绝妙的等你的位置，那边有个凉亭可以坐，好多老奶奶坐在那边聊天，我下次要早点儿来抢位置。"他揉了揉鼻子，边说边递给我一罐牛奶，然后搂着我一起坐公交车回学校。

  后来他就一直陪我去上课，他有事的时候就送我上公交车。培训中心后来搬家扩建了，有了休息区，他就在沙发上等我，经常在沙发上睡着了。以至于我培训班的同事、家长、小朋友们都知道他，甚至都习惯了他和我一起出现，看到我只身来上课的时候还会问他怎么没来。小朋友还悄悄地跟我说，这个哥哥很帅，哈哈哈。

  我在之后的某天睡觉前，他发消息说："好想你。"

  那段时间，白天他有事，晚上我有事，每天都是吃饭或者是晚上匆匆见一面。晚上见一次也是我刻意说想吃他那边的地瓜，他跑过去买，然后又把我送回去，其实那地瓜一点儿都不甜，还把我噎到了。

所以某天一大早，我就跳起来陪他去上课，起床、穿衣服、洗漱、画眉毛、收拾东西，十分钟后出门，故意选了教室最后一排坐下。

中午我们一起吃了个饭，然后去理发，理发店老板说要等二十分钟，我们就在隔壁的贡茶店里坐着，结果忘记了理发这事，被别人抢了先，又等了二十分钟，终于理上了发。

理发师给他理了个背头，他问我好不好看，从我那个角度仰视他，他的发型就像一朵太阳花，笑得我的肚子都痛了。

不自信的他说我太过分，伤了他的自尊。

可我明明记得我刚剪刘海儿时，他一下飞机就爆笑，嘲笑了我一路。

之后我们才发现伞和纸袋丢了，纸袋落在了贡茶店，伞落在了吃午饭的地方。由于理发耽误了时间，我们给吃饭的地方打了个电话，就坐车去岛内了。

我工作时，他等了我四个小时，直到天黑。结束后朋友说请我们吃饭，一直聊到了九点半，BRT（快速公交系统）十点就是末班了，我们急匆匆地跟朋友道了别，跑去屈臣氏买发胶，发现店里正好节日活动打折，就又买了一些东西。

到了 BRT，发胶过不了安检。安检员让我们选择别的交通工具，我们便打了个车回家。

分开的时候，我说："还想我吗？"

他将我抱得很紧很紧，说："一整天都没有与你独处，所以还是好想你。"

这一天的生活很琐碎，所幸，这些琐碎的事加深了想念。

后来我们毕业了，他就不能再陪我了，我俩的状态是在不同的地方上班，他朝九晚五，我在培训中心上课时间不定，我俩上班的地点有七站路的距离。暑假期间，我上课的时间和他上班的时间刚好对上。所以午休的时候，我会坐车去找他吃饭。下午下了班，他来接我吃晚饭，然后我们一起散步回家。这样的生活也很舒服。

现在，我在书房里码字，他在我边上安静地打游戏，房间里就只有敲打键盘的声音。夜深了，我说："你赶紧去睡吧，不要等我了。"他不愿意，说自己只是想玩游戏，并不是在等我。

从开始到现在，他在教室门口等我，在宿舍楼下等我，在雨中等我，在夜里等我。很多次，我说："你不要再等我了，也不要总是陪着我了。"他却一本正经地跟我说："等你是我的权利，你不要剥夺我的权利好不好？"我真拿他没办法，却也渐渐习惯了他的陪伴和等待，那种知道他一直在的感觉很舒服。

他明明是一个很没有耐心的人，却一直在等我。从开始到现在，我想，未来也不会变。

喜欢你这件事，让世界替我告白

文/张张

我刚认识叮叮的时候，她长得很像小女孩，肉脸、大眼睛，两只眼睛分得比较开，一看就是人畜无害的那种。

我说她像食草动物，每个男生天生有强烈的保护欲，面对这种食草动物，我的保护欲被激发，看不得她受委屈。

我们一起拍微电影的时候，她说冷，我就给她披大衣；她说被蚊子咬，我就给她带花露水。

说来也奇怪，我们每次相约一起去拍戏现场的时候，我总情不自禁地想给她买糖吃，她也没说过她想吃糖，但我就是想买。

我很喜欢吃某品牌的酸奶软糖，就天天给她买那个，她也高兴地收下了。

她说第一次被我电到，是拍第一场戏的那天，剧组一行人走路去片场，那时候我们互相不认识，跟剧组的人也不熟，就各走各的。

她一直走在我前面，我就看着她瘦小的身影，打着伞，形单影只，莫名地有了保护欲。

走着走着，她突然拐弯进了商店，剧组的其他人也没在意，继续往前走了，我鬼使神差地在商店门口停了下来等她。

她出来的时候表情很惊讶，问我："你在等我？"

我说："嗯，一起走吧。"

我们俩就一起走在了队伍的最后面，忘了路上说了什么，好像也没说话，我也不知道为什么会等她。

但喜欢这种事情，谁又说得出为什么呢？

其实在答应导演参演这部微电影之前，导演说："有一场很特别的戏，要提前跟你说好。"

我说："什么戏？"

他说："是一场跳水的戏。"

这场戏是女主角（叮叮）遭受了一些打击，在湖边走路时一不小心掉到了湖里，我看到了，要跳进去救她。

我一听，就有些犹豫了。

我说："导演，我不会游泳，要不换人吧？"（我会游泳，只是觉得落水戏有点儿丢人……）

导演说："定都定了，不能换人。那天我和剧组的小伙伴下水试过了，水深也就到你腰的位置，不会有事的，到时候你随便扑腾几下假装在游泳就行，不会有危险的。"

"我……这根本不是会不会游泳的问题好不好……我第一次拍戏就要我跳湖，我做不到啊……"

导演又给我讲了一大堆"不会有危险""有专人保护你"之类的话，让我放心。

这场跳湖的戏被导演定为杀青戏,因为我饰演的角色是一碰到水就会消失的(别问我为什么,问编剧),所以我跳完湖救了叮叮以后就要"下线"了。

拍戏时是厦门的雨季,这部时长五分钟的微电影拍了三个月才拍完。

拍戏的过程中,我跟叮叮的关系越来越好。每周三下午和周末的拍戏时间成了我每周最期待的时刻,因为这是我能名正言顺地和叮叮待在一起的时间。

跳水的这场戏我虽然内心抗拒,但还是隐约有些期待。

终于,我们的微电影要杀青了,跳水救人这场戏也如期而至。

我穿着一件贯穿整部戏的白衬衫,来到了学校的白鹭洲(一片小湖),大家都到了,要先拍叮叮一不小心掉到湖里的画面。

我在旁边看着,想着一会儿要怎么跳到湖里,从来也没有这样穿着衣服就跳进去,肯定一点儿也不帅。

等等,一会儿跳完了浑身湿透怎么回寝室?

叮叮看到我湿透的样子还会喜欢吗?她湿透的时候是什么样子?

我正想着,叮叮掉下去了,扑通,水能淹到她的胸口,她大声喊着:"水里好冷,水底有很多苔藓,有些滑。"

我有点儿着急,说:"导演,可以拍我跳下去救她了吧?"

他说:"你等下,叮叮要往里面走点儿,这样能给你一段游过去的距离。"

叮叮开始往湖里慢慢走。我看她衣服真的都湿了,头发也湿了,刚走两步,她没走稳差点儿摔倒。

大家都在惊呼，一个本来在水里帮摄影师扶机器的工作人员直接一步走到叮叮身边把她扶住了。

我直接跳下去了。

导演在旁边喊："哎！子凡，你急什么？"

我说："啊……我没站稳，要不我在水里跳一下，摄影师直接拍一个我落在水里的画面？"

导演说："也只能这样了！"

拍完这一段，导演对我说："现在拍你游过去的画面吧。"

我直接游到了叮叮身边。

导演说："你不是不会游泳吗？"

我说："嗯！我最近专门报了游泳课学的。"

说真的，我也不知道那天为什么那么着急就跳下去了，可能就是看不了叮叮浑身湿透地待在水里，也看不了别的男生在水里扶着她。

管他呢，就是冲动。

后来我们在一起后，我数不清陪叮叮上了多少次课。有次她从早上九点上到了晚上九点半，中间只休息了两个小时，她让我回家休息，我没回。

每次她上课，只要我没事，就会陪她，就算我有事，她下课时也一定接她。她在舞蹈室里上课，我就在外面坐着写写东西、上上网。

她总说不用我陪，可每次要出门上课的时候，总是转过身用可怜兮兮的眼神看着我，小声地说："嗯！我一个人也可以好好的，加油！丁钰琼！"

她表面上好像在自言自语，其实谁看不出来是在暗示我？

每当这个时候，我总会回她："你又来了，是不是因为我老陪你上课，现在我不去，你都不习惯了？"

我嘴上虽是这么说，但已经从床上爬起来开始穿衣服了："等着，十分钟。"

这种时候她总会开心得像个小孩子，说："张张最好啦！我请你喝××的冰咖啡！"

我说："哼，算你识相。"

每次都这样，两个人的小剧情总是演不腻。

叮叮胆子很小，怕黑、怕鬼、怕闪电。

她却敢在我们恋爱的第三个月，跟我一起回新疆。

就算那时候在她的印象里，新疆是一片大草原，我家说不定是草原上的游牧民族。

她还是在听我简单地介绍了几次之后，很勇敢地坐上了长达五十四个小时的绿皮火车，就那么晃晃悠悠地跟我一起坐火车穿越了大半个中国。

火车经过哈密之后，铁轨的两旁就只剩下一片荒漠了。

我故意逗她，指着远处的一栋小平房说："叮叮你看！我家就跟那里差不多，只不过旁边多几栋小房子。"

她傻傻地信以为真，说道："那我们等会儿下了火车怎么去你家呀，是不是可以骑马了？"她的语气里没有一点儿担心和害怕。

我想，她是足够信任我的，就算骑马，也愿意跟我回家吧？

那次回来之后，每当别人问我，新疆是什么样子的时候，叮叮总是抢先说道："新疆很好的，我去过！也有大城市，也很现代化，跟咱们这里的城市一样，可漂亮啦。有机会你也一定要去看看！"

她说这些的时候，很有新疆媳妇儿的样子。

有一天我和叮叮散步很久，走了一条她不知道的路，走着走着她累了，问我："张张，我们还有多久能到家？"

我说："快了快了，你看我们从前面的路走。"

她说："好。"

我说："进那个隧道，再走出来就到了。"（其实那是城市快速路，人是绝对不能在上面走的。）

她搂着我说："好，那就快到啦！"

我很惊讶，她好像真的不知道那是一条不能走的路。

我说："你是不是傻啊，那条路上的车开得那么快，能走吗？"

她说："我也不知道……你说能走，我跟着你就好了呀。"

我说："……"

我刚发现原来她这么信任我……

傻瓜，以后的路都跟着我走吧，我会一直照顾好你！

我总说她是小女孩，让人感觉她好像永远很幼稚、不懂事，但我知道，她的内心很强大。

她小时候想学舞蹈，初中时就被送到了寄宿制的艺校。从那时起到现在，她都离家很远，说不想家是假的，但她很坚强。大学时她就独立生活，兼职做舞蹈老师，早就脱离了父母，自己能养活自己。这点比我强。

虽然有些时候她的可爱让我忘了她很厉害,想把她的一切包揽在我身上,但更多时候她的独立态度却使我自惭形秽,不断反思自己。

我想要加倍努力,想在任何方面都做得更好,成为她的依靠。

我的小女孩,虽然你怕黑、怕鬼、怕蟑螂、怕老鼠、怕一个人,走路总走不稳,下课总要人接,见面总要抱抱,分开总要亲亲,犯错了总要我背锅,受伤了总要怪我惹你生气,总幼稚得像小孩,但我知道,我已经离不开你了,就像你离不开我那样。

我喜欢你这件事,我不说,就让世界替我告白。

路边向你摇尾巴的小狗,夜晚闪烁的星光,就连你下课回来的路上迎面吹来的清风,都是我的告白。

你从背后抱我，我拥有全世界

文 / 张张

我从正面抱你和你从背后抱我，

好像有很大不同。

我从正面抱你的时候，

我拥有你，

你从背后抱我的时候，

我拥有全世界。

有个又蠢又可爱的女朋友是种什么样的体验？

我们大学还没毕业时，有一天晚上我的手机欠费，话费也交不进去，我怕叮叮等得太晚担心，就用室友的手机给她发了条消息："我是你子凡爸爸，我手机欠费了，交不进去，你睡觉前给我打个电话吧。"

结果把她吓坏了，她以为是我爸深夜给她发的消息。

她回复:"叔叔你好,张子凡可能去睡觉了。""我要给你打电话吗?发生什么事了?"

哈哈哈。

不瞒你们说,我和叮叮2017年的第一天是以她喝醉酒开始的,那时候我们都还在学校,跨年那天晚上我们和朋友一起去酒吧,她喝得很开心。

要走的时候,我们站在酒吧门口聊天,叮叮抱着我说:"老公,我的包包好像丢了。没关系,不要了!"

我:"……"

我又回酒吧给她找包,最后发现被她放在了旁边桌的椅子上……她自己竟然完全不记得了。

每次异地结束再见面的时候,叮叮总是特别害羞,她来机场接我,我拿了行李出来找不到她,结果她从背后过来抱住了我。我说你转过来,让我好好抱抱你,她说不行,她不敢看我。

我们打了车回学校,在车上她也一直看着窗外,眼睛偷偷瞄我。唉,你为什么这么可爱。

你总说你很害羞,甚至不敢抬头看我的眼睛,你不知道的是,你的眼睛里有星辰,有大海,有平凡世界里最遥远明亮的星光。

是我,不敢看你的眼睛。

很快就到我们的一周年纪念日了,叮叮说要好好拍一组照片,我们就买了一个三脚架去了鼓浪屿,两个人在岛上待了一天,其他人都是几个摄影师带着助理跟拍,我俩是拿着三脚架走走拍拍,也挺酷的。

我们给对方的纪念日礼物是一双球鞋，我一直很羡慕她的脚很小，35码的脚甚至可以买中童尺码的鞋，价格可能是我球鞋的三分之一吧。

那天，我用手量了一下，她的球鞋长度刚好是我的中指长度（算上手掌的）……

快毕业的时候，我俩互相让步，答应彼此一起先留在厦门试试，我找份工作，她边工作边考编制，给对方一年的时间，在一起努力试试看。

然后我们就开始一起找房子，一个月的时间看遍了厦门的青年公寓，最后终于找到一套还比较合适的，一起搬家、打扫、买家具，才算安顿下来。

从七月份开始，我们开始尝试着拍一些短视频，分享我们的日常，或是聊聊穿衣搭配，直播时数珍珠奶茶有多少颗珍珠，我还记得有518颗。我们一直尝试着在平凡的生活中找到一些不一样的快乐，两个人每天互损，又互相逗乐、互相陪伴，虽然生活不那么富裕，但是只要两个人在一起，即使在陌生的城市里，也会有一份只属于自己的归属感。

后来我们给自己起了个名字，叫作"暂定夫妇"（缩写为ZNDING）。起名那天是2017年7月17日，那时候还没有很多人认识我们。原因在这里：Z/N/D/ING——张和丁（Z和D）正在进行时。

ZNDING与ENDING相似，代表一段关系的结束，结束的是我们浮躁的心。

ZNDING 又不等于 ENDING，意味着开始收起锋芒、退去铠甲，开始用一段漫长又平稳的日子来诉说我爱你。

ZN/ DING（暂定）：互相认定对方，却因为未来的种种未知，不一定能够走到最后。

处于婚姻未满，恋人以上的状态。

叮叮毕业汇演那天，我专门拉了几个朋友，等她表演完，舞台黑下来的时候，他们一起喊："丁钰琼！"

我喊："我喜欢你！"

这是我这辈子第二次这样做。

我第一次这样做是 2016 年 4 月 4 日在武夷山，那天是我们在一起的第三天，我让朋友帮我录像，我在山顶对着所有人喊："丁钰琼，我喜欢你。"（带着回音的那种）

从刚在一起到她毕业，我说了同一句话，也算有始有终了。

我不会站在你的对立面，我会和你一起扛起这个世界

文／叮叮

一个成熟的人爱你，会为你做对你而言最好的决定。

他不是站在你的对立面，而是和你一起扛起整个世界。

我家是个特别传统的家庭，爸妈很早就下过指令：好好读书，找好工作，再找对象。而我，一个射手座女子，放荡不羁爱自由。小学五年级时就处在叛逆期了，那时候有个小男生约我每天一起上学。我就骗爸妈说要自己上学，不让他们送，结果被发现了……把我爸气坏了。

后来我喜欢舞蹈，就直接考去杭州读书了，天高皇帝远，在外面玩得很开心。一直到大学，爸妈都不知道我有男朋友。

有次回家，我妈说在电脑里看到了我跟一个男生手拉手的照片。我爸看了气坏了，但那张照片他们又找不到。我当时只能装傻，说："什么照片？"我不知道我爸怎么没过来把我臭骂一顿。

刚跟张张在一起的时候，我就特别慌，因为我爸妈是绝对不可能同意我和老家那么远的男生在一起的，所以我们在一起之后，我也没有和家里人说。

学生时期的恋爱是完全没有什么烦恼的，而当你要脱离学校，步入社会了，一切才开始变得不一样，毕业季成了分手季。

2017年我毕业时，家里这边的教师招聘考试正好开始了。我每天厦门、宁波来回跑。我不想回家，但是我也很爱我爸妈，每次回去一趟，回来就跟张张哭一天。

张张说我太脆弱，一碰到什么事就掉眼泪。那应该是随了我妈，她一激动就爱流泪。我那段时间回家，和我妈说不到几句话，两个人就开始抹眼泪。

那次回家，我吃饭时吃着吃着就哭出来了。我妈也理解我，跟我聊了好久。其实我也并不是因为男朋友在厦门就不想回家，而是我从小就在外地读书，不想回到小城生活。

我跟我妈哭诉的时候，我爸在外面就听到了，也知道了我有男朋友，但还没有捅破那一层纸，这让我和我爸的关系变得更尴尬了，又爱又恨，僵持不下。

在我快要撑不下去的时候，张张跟我分析："你就先回去，这样你爸妈就不会一直给你压力，等我有能力了，就把你接出来。"他没有跟我闹脾气，让我和家里人对着干，也没有直接跟我分手，而是非常理性、非常成熟地给我分析问题，开导我，还给我承诺，愿意通过努力改变现实。

他没有站在我的对立面,而是和我站在一起扛起世界。我说好,我们还给这个计划起了名,叫作"回旋镖计划",简称"BR 计划",因为回旋镖的英文是 boomerang。

于是我回家好好考试,考了第二名,但由于舞蹈老师名额少,只招一人,所以我落选了。

我跟爸爸妈妈提议,给我一年的时间在外面闯一闯,如果以后还养不起自己,我自己卷铺盖回来。他们默许了。

说到这里,我还是很感谢自媒体行业的发展的,也很感谢当时喝醉了的自己。那个醉酒视频突然被很多大号转发的时候,我就很慌,怕被家里的人看到,因为觉得他们可能接受不了。那个视频确实被我爸妈看到了,还是他们的同事告诉他们的,说女儿上电视了……我赶紧给我妈打了个电话,说不要看,很丢脸。没想到我妈很淡定,我爸也很淡定,还顾及我的面子,说自己没看。

我想了好久,才借着这个机会跟爸妈说了一下,说跟男朋友一直想做自己想做的事情。我先在外面努力几年,还给爸妈看了微博。

我妈现在每天都会看我们的微博。

后来有一次我回家,我爸竟然问我怎么没把男朋友带回来。

他说如果你真的认定了,就可以带回来了。我当时正在吃饭,差点儿把饭喷出来。

爸爸的爱是沉默的,他一定是在心里挣扎、思考了很久,也许是某个深夜刷着我的微博，看着张张和我的各种视频，了解了张张大概是个什么样的男孩，才慢慢接受的。我姐姐说你们终于看到点儿曙光了，我说其实以后的事也很难说，但是能得到家人的支持，真的真的特别开心。

我想，这也是我爱张张的部分原因吧。在毕业后这个最动荡的时间点，他温柔地站在我身边，坚定地爱我。

彼方尚有我在

文 / 张张

有个朋友帮我和叮叮算了下星座合盘，我觉得挺准，就拿出来跟大家分享下。

她说我俩的感情很好，但是有个最大的问题一定要解决。

我问："什么问题？"

她说："你俩的父母中会有一方对这段感情不满意，可能是因为距离产生的问题，这个问题只能通过你俩完全独立来解决。也就是说，如果你俩可以一起在外面独立生活得很好，解决自己的经济问题，那父母的问题也就会迎刃而解。"

我说："这也太准了吧？我俩之前是真的有这方面的担忧，而且担忧了很久。"

为什么这么说呢？

因为2017年的夏天，我俩大学要毕业的时候，叮叮的爸妈是比较希望她回家工作的，做一个高中老师或者跟人合伙开一家舞蹈培训中心。

我非常理解他们，毕竟叮叮是家里的长女，离家太远的话，无法照顾家里人，家里人也一定会担心她在外面独自生活不能照顾好自己。

再加上那时候叮叮本身就在厦门这边的舞蹈培训机构做老师，与其在外地做，不如回到家人身边做。

我站在他们的角度看，肯定会跟他们想的一样。

但站在我自己的角度看呢？我肯定不希望叮叮回家，因为她家那边是我完全没有接触过的地方，我去了那边可能连个朋友都没有，更别说从头开始找工作了。

于是，那时候我和叮叮之间的气氛就变得有点儿沉重。

她每天心情都不太好，觉得压力很大，一方是父母，一方是我，都割舍不下。

在这种情况下，我们俩从没想过用分手来解决问题。

当时我跟她说，我们可以折中地选择，有两个方案。

第一个方案：她先回家准备她爸妈让她考的教师考试，如果考上了，就听她爸妈的话，回家工作。我在这边也会好好努力，先积累些许职场经验，有点儿底子了再去她的城市找工作。毕竟之前校招的时候没有找，现在我直接过去找工作，肯定比较困难，所以需要积累经验。

在这段时间的异地恋，我俩就想办法最少一个月见一次面，保持感情不断。

第二个方案：她跟她的爸妈继续磨，看能不能给我们一点儿时间作为机会。期限是一年，在这一年里，我们俩会足够努力，让他们看到我们完全可以靠自己在这里生活得很好（比她回家工作生活得更好），让叔叔阿姨放心。

那天我俩商量出这两个方案后，觉得可行性很大，也就选择了第一个方案开始准备。

她回家参加考试时还是我陪她去的。

我记得当时是招一个人，她考了第二名。

她没考上这件事给我俩争取了一些时间，我俩开始跟她爸妈聊给她一年时间的事，最终也算好事多磨，她爸妈同意了。

然后，就到现在啦。

我觉得我和叮叮算是迈过了那位占星朋友所说的坎儿。

我们也已经见过了对方的父母，接下来就是努力再多赚些钱，拥有一个属于我们自己的家。

我更想跟大家说的是，不管星座、家庭、距离给你们带来了多大的阻碍，只要你们互相还爱着对方，请一定坚持下去。

你们可以有折中方案，也可以为了共同的未来放弃眼前的一些东西。但，请一定不要放弃彼此，因为只要还有彼此，你们就还有机会，不是吗？

与大家共勉。

在三十平方米的房子里，过着傍晚六点的生活

文／叮叮

毕业之后，我们在厦门租了一个公寓，算是正式开始了我们的同居生活。第一个小房子只有三十平方米，里面有一个卫生间、一个小客厅、一张床。这是我们花了一个月，跑遍了厦门的公寓才选定的，因为我们看上了它的一大面落地窗。我们想着，哪怕房子小，有阳光进来的时候，也会是最温暖、舒适的房间。

我们在这个小房子里的生活很简单。

我每天早上睁眼时，张张已经去上班了。我起来吃着他准备好的早餐，烧壶热水，泡杯牛奶，放点儿音乐，磨磨蹭蹭地洗漱，收拾收拾房子，东摸摸西摸摸，一上午就这么闲闲地过去了。

下午我出门上课，坐在穿梭在厦门高架桥上的快速公交车里，路过跨海大桥。在桥头有站岗的军人，每次看到他们，我都觉得他们很帅。我在发会儿呆的时间就到站了，再走几分钟的路，就到了培训中心。

这条路上有一家奶茶店，店里的奶茶很好喝，我总要买上一杯。午后的练功房弥漫着舞蹈生们的汗味，回荡着我喊拍子和打节奏的声音。下午有两节课，上完后是五点多，此时我就可以回家了。

到了傍晚六点，我最爱的时间就到了。因为老张要下班回家了，也因为家里有面朝西的落地窗，我可以望着夕阳等他回家。

在这三十平方米的小房子里，我开始等待，像《小王子》里被驯服的那只狐狸一样。他七点到家，我提前一个小时就开始感到幸福，越接近七点我就越觉得幸福。

而他回家之后，房里的宁静就会被打破。他会吻我的额头，我们抱在一起腻歪一下。我们一起吃饭，看综艺，聊在公司的所见所闻，在游戏里冲锋陷阵，杀到天昏地暗。有时我们拌拌嘴，吵吵架，冷战也不会超过一秒钟，接着就会发出驴叫般的笑声。

偶尔的下雨天，他湿漉漉地跑回来，先洗个热水澡，然后盖个毯子。他窝在沙发上，我窝在他身上。

某天我是晚上的课，他比我早回家。

我回到家后，他说："我七点半下班回到家，感觉家里好冷，就窝在沙发上看综艺，脑海中突然蹦出一个很奇怪的想法，怎么你在家的时候，我就没觉得冷过？我一个人在家时怎么这么冷……然后我就去接你了，好像外面还比家里暖和点儿。等接了你回到家，我们俩一起窝在沙发上的时候，真的不冷了，天哪，好奇怪。也许这是个有魔力的小家,必须两个人在一起,才会冬暖夏凉。"

三十平方米的小房间,每天打扫省了很多力气。老张还多了项家务——捡头发,每天发现我的头发,哪怕只有细细的一根,他都要捡起来,给我看一看,对我教育一番,再扔掉。

虽然他捡的过程中满脸嫌弃,但我总觉得他特别热衷于捡头发。

明明有粘毛滚筒可以用,但他就是要用手捡,是个很执着的手艺人。

每次看到他的粗手指头一直捡不起细细的头发,在那边想使劲捡,又捡不起来的样子,我就觉得特别好笑。

当时我也没有想着以后还要跟他住多大的房子、走多长的路,我觉得现在这样就很幸福。有朋友问我,那在你心里是过程重要还是结局重要?

我想到了一部电影——《降临》,大概讲的是外星人降临地球,人类很恐慌。女主角作为专业的语言学家,被派去与外星人交流。在交流的过程中,她被赋予了一项能预知未来的能力,而在参加这项工作的过程中,她爱上了她的搭档。最后经过一系列的波折,她挽回了一场大危机。在影片的最后,她看着面前这个男人,脑子里闪过未来的画面,她预知他们的女儿会生病死掉,他在最后也会离开她,但她还是选择了和他在一起。

我想:"即使我预见了所有的悲伤,我也依然愿意前往。"

虽然这是一部很伤感的片子，但是能感受到爱的隐秘而伟大。我想，如果是我，我也会这么选择，选择自己爱的人，并勇敢地冲向他。

躺在他怀里，听着他均匀的呼吸声，我觉得很幸福。

三十平方米的房子虽然小，但我们热衷于装饰它，一盏小台灯、一块挂布、一个香薰，都是我们每晚的幸福感来源。没有电视，我们就用电脑看剧。没有厨房，我们就用小自热锅煮泡面。

在厦门，早上六点左右能看见最美的日出，晚上六点左右能看到最美的晚霞。我们的小房间只能看到晚霞，也足够了。早上的分别，晚上的相处，我们的生活日日如此。

张张说："我觉得你每天最想我的两个时刻，就是早上我要上班前和傍晚我快要下班前。早上赖着我，不让我走。晚上在电话里，我都能听出你有多想我。"

是啊，朝阳和夕阳这么好，我怎么能不想你？

家

文/张张

把一个空荡荡的房间塞满属于自己的东西,是一件特别有成就感的事。

我俩从跟房东签合同之后,就开始购置一些软装。

我们一件一件地往新家里搬,从小吧台到电视、冰箱,从桌椅到茶几、床单,每一样东西什么颜色、什么风格我俩都讨论过,为此没少吵架。我说床单、被套都要灰色。她说地毯、沙发一定要是一个风格。我们虽然吵,但也互相让步,终于把房间慢慢布置成了我们都喜欢的样子。

小书房。

她把客厅连着的大空间起名叫公主房,就是她每天化妆、搭配穿衣服的地儿。楼上的小房间被我拿来当书房兼工作间了。一开始她说小房间要做衣帽间,被我"以死相逼",终于换来属于我的一片天地。但大部分时间只要我在里面,她就会跟过来,躺在我买的儿童爬行垫上玩手机。我说："你到床上或者你的公主房里去玩呗。"她不愿意，就得跟我待在一个房间里。我也乐得有个人陪，一起看书、写字、剪视频。我泡一壶茶，给她泡一杯牛奶，两个人优哉得不行。

厨房。

厨房绝对是发生问题最多的地方。她不太会炒菜，所以大部分的做饭任务是我来完成。我来就我来吧，可我不太会买菜，附近也没有菜市场，只有超市。我俩就两天去一趟超市，说是去买当天的食材，可买得最多的永远是零食和饮料。

小时候，家里的冰箱永远是父母的天下，大学在学校里时，也不会自己买台冰箱，进入社会之后才发现冰箱这么好，装满可乐、牛奶、柠檬茶的冰箱，能成倍地提升人的幸福感。每天打开冰箱都有不重样的饮料，也是人肥胖的根源……

再回到厨房。某天下午我要出去，问叮叮要不要给她把玉米排骨汤炖上，这样晚上就能喝了。她说不用了，不是很想喝。结果我出门才二十分钟，她就给我发来微信，告诉我她切玉米的时候把刀切断了。我才买一个星期的陶瓷刀。好，陶瓷刀你能弄坏，不锈钢的总没问题了吧？我就又买了一套新的，结果买回来第三天……

从那以后，某人跟我们家的刀无缘了，我不许她碰任何刀具，做饭的时候她只要把米饭放进电饭煲就行。她还有一项重要任务，那就是夸我做饭好吃。

客厅。

以前，我总觉得自己是个不爱看电视的人，叮叮也不喜欢看电视。来厦门的这几年，除了放假回家，我就没看过一天电视。可自从在这里买了电视，我发现我俩还是挺喜欢看电视的。

我每天晚上下班回来时，米饭刚做好的香味，搭配锅里炖着食物的咕噜咕噜声成了主角，电视里不管放着什么节目，都是最完美的背景音。

虽然我们是在外地生活，但这些事务告诉我们，心爱之人所在的地方，就是我们的家。我发现电视开着的时候，躺在沙发上最容易睡着。

我也终于明白我爸总是开着电视到深夜，就算自己就要睡着了也不让我关电视的原因。

因为这样很有安全感，好像只要电视开着，黑夜就不再那么安静，也就不会让人觉得那么孤独。

在南方的冬天

文 / 张张

在来南方上学之前,我一直觉得冬天也不是很冷,外面虽然冰天雪地的,但家里暖和得跟夏日海岛似的,短裤、T恤一穿就完事了。

来了南方之后……

每当我在房子里冻得哆哆嗦嗦的时候,就穿上衣服出门走两步,买包烟,买杯咖啡,这样会暖和不少……

叮叮说他们家(宁波)比厦门的冬天要冷多了,偶尔还会下雪,同样没有暖气。

她邀请我去她家过年,我拒绝了,好歹我也得回新疆暖和两天再来南方受冻啊。

哈哈哈哈,开玩笑。

往年冬天我在厦门实在冻得不行了,每天就裹着叮叮的小毛毯，动也不想动一下。

现在我学聪明了，十二月就让叮叮给我买了件很奢华的睡衣，就是那种一看就气场十足的法兰绒睡衣（确实很暖和）。

我自己还买了个电暖气，晚上回到房间就打开，早上出门时再关掉，整个人就暖和了不少。

北方的暖气不是很多人想象中的那样，自己可以选择开和关的。

每年的十一月左右，供暖公司开始供暖，到来年的三月份左右结束供暖。

只要你交了暖气费，这段时间就一直有暖气的。不能自己关闭，每家每户都热乎乎的。

戴眼镜的同学在北方都很辛苦，因为一进到任何室内，眼镜上就会立刻起一层雾。

但是真的很幸福，每天早上起床不会有任何困难，被窝里和外面一样热乎，把自己裹得严严实实的再出门，也不用考虑穿得是不是显胖，因为每个人都穿得那么胖（北方的冬天对胖子很宽容）。

南方也有南方的好处，比如厦门，冬天树叶不会枯黄，不会掉落，也不会有万物皆枯的感觉。

便利店也都还有冰饮料卖，还是可以在室外跟朋友吃大排档、喝奶茶，白天在外面是感觉不到寒冷的。

我也说不上来我是更喜欢南方的冬天，还是北方的冬天。

没跟叮叮在一起之前，我是很抗拒南方的冬天的，觉得它对我并不友好，可现在我慢慢爱上了南方的冬天。

我爱上了在冬天和她一起挤在沙发上看电视剧；爱上了在冬天和她一起做各种美食；爱上了在冬天两个人一起穿傻傻的奢华睡衣，躲在被窝里玩"吃鸡"游戏。

哦，不，我可能不是爱上了南方的冬天，而是爱上了和她在一起过冬。

和张张妈妈的相处

文 / 叮叮

我第一次见张张妈妈的情景很奇妙。

我们刚在一起的那年暑假,张张就邀请我去新疆玩。张张一直叫我放心,就当是朋友去他们家玩。可能我心也比较大,真的就这么想了,完全没有"要去见男友家长"的这个概念,给他家里人准备了点儿小礼物就去了。我没有很紧张,也没有去网上搜攻略,比如"见家长应该怎么打扮怎么穿"之类的,只有要出远门的兴奋感,现在回想起来觉得自己实在是傻。

我到新疆的第一晚,张张妈妈很亲切地跟我打了招呼,很自然地就安排我住下了。

那几天和张张爸妈的朋友出去吃饭,我都是坐在张张和张张妈妈中间的,遇到不知道怎么回答的问题时,他妈妈会替我说话。

那时候我就感觉张张妈妈很温柔，很会照顾人，让人想依靠她。

我在他们家时，天天晚上素颜，撩刘海，晃来晃去。我现在回看当时的照片，自己都吓一跳，我怎么敢让男友的妈妈看到我这个样子！

我还记得当时的某一天，我们准备出门，张张妈妈默默地给了我一瓶防晒霜，可能是觉得我晒黑了好多吧……

我还给张张的家人做了一盘可乐鸡翅，吃饭的时候张张奶奶吃了一个鸡翅，然后默默地站起来去倒了杯水，应该是吃着咸了……

哈哈哈，现在回想起来，我觉得自己像是初生牛犊，什么都不怕，毫无准备地就把自己最真实的一面展现了出来，也不知道当时他们对我的印象是好还是坏。

不过很奇妙，我就这么见了他的家人。

我与张张家人之后再见面，张张依旧很淡定，因为他觉得我之前见过他妈妈一次了，所以认为没什么。

而我就开始紧张了，和第一次有不一样的感觉。

那段时间是张张的家人要来厦门玩，他妈妈带着他奶奶，还有他妈妈的闺密和闺密的孩子。

我这次认真地想了想自己该穿什么样的衣服，但很尴尬的是，他家人来的前几天，我有拍摄，晒了两天，又黑了。我的唇炎还复发加重，又不能化妆。

因为不能化妆，所以我不能穿太华丽的衣服，不然和我的素颜不搭。经过一番思考，我最后穿得很朴素。

和第一次见面时不一样，这次见面的时候，我非常紧张，也很害羞。还好我是比较讨小朋友喜欢的，张张妈妈闺密的女儿很喜欢我，走路时要跟我牵着手，吃饭时要挨着我坐。我牵着小朋友，就不会觉得太尴尬。

有时候我会陪着张张奶奶，想着张张和妈妈很久没见了，应该会有很多话要说，刻意让张张和妈妈多在一起。

但好像张张妈妈也会刻意让我们在一起，像是去游乐园坐飞车，她会让张张跟我坐，但其实她也很怕。庆幸那边是四个座位一排，最后我们三个人坐在一起，他俩把我夹在中间。有时凑巧要我跟她一起行动，或者我们刚好走在一起的时候，我俩会觉得有一点点尴尬。也可能只有我觉得尴尬，总想找点儿话题聊，但又不知道聊什么好，像是你和一个很喜欢的男生走在一起时，很想跟他说些什么，但又很怕说错什么。

后来我意识到，和男朋友的妈妈相处，其实就跟谈恋爱一样，不喜欢对方带有目的地靠近你，或者一味地讨好你，所有的关系应该顺其自然，不用想太多，等慢慢熟悉了，话题就会有了。

我们相处了几天，觉得张张妈妈很大气，和她在一起会很有安全感，有时候也会像我妈那样不懂现在流行的东西，闹很可爱的笑话。

最重要的是，张张在中间调节，他偶尔会开他妈妈的玩笑，还会吐槽我。他吐槽我的时候，他妈妈会帮我说话，气氛很融洽。

我有时候就想，等他见我爸妈的时候，我做得会不会比他好，张张会不会比我更紧张。

后来的事实证明，他确实比我更紧张。但这些都不重要，就像我爸妈说的，只要是我认准的人，他们就没意见。

2020年年初，因为疫情，张张妈妈在我们家住了好长一段时间。相比于之前几次短暂的见面，这次相当于在一起生活。

这段时间让我和张张妈妈的关系更近了一步。我们会一起做油条、包饺子、看电视剧，会一起调侃张张，开他的玩笑。我们一起过了元宵节、妇女节。渐渐了解了对方的生活习惯，他妈妈不爱吃早餐，晚上爱看剧，爱跟朋友视频聊天，宅不住，喜欢逛街，每天都要收拾房子，收到快递要马上拆。我们的生活也会跟着她的节奏进行。

张张妈妈在家的这段时间，发生了一件让我印象很深的事。

那天，家里没有洗衣液了，我和张张说好下午去超市买，结果回来之后发现大家都把这件事忘了。我说没事，到时候去楼下小卖部随便买一瓶就好了。

第二天，等我和张张起来后，张张妈妈就拿着洗衣液过来跟我说："你看，我买到了你要的洗衣液。"她买的这个洗衣液跟我们之前用的是同一款。

我突然就很受触动，因为这个牌子的洗衣液年轻人用得比较多，妈妈辈的估计都没听说过。但张张妈妈会记住这个牌子的这一款，特意买它。

我觉得张张妈妈很尊重我们的生活习惯。像是来我们家住，她大可按照她的方式来整理这个家。比如我和张张会把某个东西摆放在特定的地方，她不会按照自己的意愿来改变这个位置，或者我们经常用什么牌子的纸巾、牙膏等，她会记住我们的这些习惯和喜好。

我们家有很多娃娃，张张妈妈觉得可爱，想带一个回家。她会让张张来问我，能不能给她。张张来问我的时候，我都觉得很惊讶，因为我觉得只是一个娃娃，她想拿就拿，不用经过我的同意。张张妈妈的这个举动，让我觉得我被尊重、被重视。我也会更加尊重她的习惯和喜好。

在经过一段时间的磨合后，我和张张妈妈的相处也越来越自然、融洽。我偶尔会撒娇和有孩子气，张张妈妈总是笑得很开心，她会把我和张张都当成她的孩子来照顾和宠爱。

有时我和张张妈妈又像是姐妹，一起敷面膜，一起逛街。

我想，因为张张妈妈很好，所以我们相处起来也会更加和谐吧？

一切就这么顺其自然地发生了，希望以后也一直是这样！

情侣间关于毕业的那些事

文 / 张张

可能每一对学生时代的情侣,最怕的一件事就是毕业吧。

毕业分手季早就是老生常谈的话题了。

高考后因为考去不同的地方而分手,大学毕业后因为工作、家庭不得不分开,成了很多人一辈子的遗憾。

我有个朋友,大学时和男朋友谈了三年,感情一直很好,也没见他们闹过什么别扭,我以为他们一定会是我朋友圈里最早结婚的一对。

大学最后一个学期开学的第一天,她告诉我她失恋了。

我当时飞机刚落地,接到她的电话有点儿蒙,"为什么?"

她说,男朋友的家里人觉得她家太远,在她放寒假回家的时候,给她男朋友相了个女朋友,她男朋友就决定跟她分手了。

我:"……现在是二十一世纪不?还有这种事存在的吗?"

她在电话那头哭声震天。

我实在不知道该怎么安慰她，想想自己其实也没好多少。

我的家乡和叮叮的家乡同样离得很远，异地恋的时候打开微信共享实时位置，一张截图都截不到我们俩同时存在的位置，直线距离四千五百千米。

我查过，从中国最东边到最西边也就五千二百千米，比我俩的距离只多七百千米而已。

除了距离差，文化差异同样巨大。

我是西北大漠男孩，叮叮是江南水乡女子。

从吃不吃辣到晚上几点睡觉，从家庭观到择偶观，从人生观到世界观，我俩几乎没有特别相近的地方。

其实大部分情侣在毕业的时候，无外乎面临以下几个问题：1.工作在异地；2.双方家乡距离太远；3.双方家庭风俗有冲突；4.女生在男朋友身上看不到希望。

这些问题其实都可以通过沟通来解决，但最难的也是沟通。

我有个好朋友，在新疆上大学，上完之后留在乌鲁木齐工作，他有个女朋友，谈了也差不多三年了，同样在乌鲁木齐。

我劝他到厦门来发展，外面机会多，赚的钱也相对多点儿。

他说："我走了，我女朋友咋办啊？"

趁着一起出来吃饭的机会，他去上厕所，我问他女朋友："如果他到厦门工作，你会怎么办？"

她说:"他去哪儿,我就去哪儿。"

嗯,这种女朋友真的不多见。

如果你没有这种女朋友或男朋友,那你还是跟她或他好好沟通吧,毕竟谁都是父母生下来花费心血养大的。

你想让对方跟你走,起码你得先想想自己有没有给对方足够的安全感;自己有没有能力为对方负责;当对方为你身处异乡,你是不是能做对方唯一的依靠呢?

如果你做不到,还是不要要求对方太多吧!

我的建议:好好沟通。

两个人选择一个折中的地方,互相体谅。

这个地方可以是你们一起上大学的城市,也可以是在你们两家的中间点,多为对方考虑。

己所不欲,勿施于人嘛。

最后,祝世界上每一对面临毕业的情侣都能不分手,好好走下去!

毕业从来不是分手的借口,不爱才是。

第一次来我家的男孩

文/叮叮

我一直在想,第一次带男友回家时会是什么样的场景和心情。但是等真到了那一天,却好像都是那么顺其自然地发生了。

我家是非常传统的家庭,自从慢慢接受我留在厦门工作,我都没有正面地、正式地告诉爸妈:"这是我男朋友,我跟他住在一起。"我爸妈虽然知道这些,但是每次打电话都会避开"谈男朋友"这个话题。也许是因为我没说,所以他们也没好意思问,大家就都很默契地不说。

直到 2018 年过年,在餐桌上,我爸突然来了一句:"我觉得这个男生靠谱,你把他带回来吧。"

那一刻,我就觉得我爸真的为我改变了很多。我们可能互相在等对方先开口。

张张是"十一"假期去我家的,我俩开车从厦门回家。除了因为我们家的小镇还没有动车和飞机,还有一个原因,我想大概是张张觉得开着车回我们家,会更自信。

他以前说过:"我想等我有能力向你爸妈证明了再去你家,这样他们会更放心地把你交给我。"

回家前,他给我家的每个成员买了礼物,还认认真真地学了几句象山话。因为我奶奶不会说普通话,他考虑到了我们家的每一个人,虽然学的那几句话最后也没用上,哈哈。

回家的路上我们都挺轻松的,在离我家还有一个路口时,他突然放慢速度,认真地理了理自己的发型、衣服。他一直问我行不行,我在副驾上给他加油打气,像是要马上开始一场比赛一般,所有人蓄势待发。拐过一个路口,我远远地就看到了我爸和奶奶站在路边,我爸的手一指,奶奶就伸着脖子在望我们。我以为张张会紧张到不知所措,但他下了车乖乖地说了"奶奶好""叔叔好"之后,就拎着大包小包走进了我们家,我弟弟竟然在旁边围着他喊"姐夫"!自然得好像张张不是第一次来我家似的。

现在,他就躺在我的小床上,这种感觉真的很奇妙。

以前,我们俩放假各自回家的时候,我就是躺在这张床上和他视频、打电话的。当时我还幻想,如果一觉醒来他躺在我旁边,我该怎么带他躲过爸妈爬窗出去,而现在他就光明正大地躺在我的小床上滚来滚去。

我这几天的乐趣大概就是看张张跟我爸妈的互动了。

我爸妈专注养生,人手一个保温杯。张张一到我们家,我妈就给了他一个保温杯,说是他专属的,上面写着:养老改变生活。应该是某活动发的杯子。我以前也有一个这样的保温杯,现在我和张张都有了……还凑成情侣杯了。

我们很爱喝奶茶,但是我自己回家的时候,很少会喝,因为我妈会唠叨。张张也知道这个"规矩",但是我知道他忍不住。我饭后说:"我们去散步吧。"我们走到我家附近的奶茶店,刚付完钱,我妈跟我爸就说要来找我们一起走走,吓得张张连奶茶都不想要了。拎着奶茶跟我爸妈散步的他很慌张,我爸妈也看到了奶茶,但不好意思说他,作为旁观者的我一直憋着笑。

在吃饭的时候,张张穿着他那件"显瘦外套"——来之前他精心挑选的外套,穿上会比较显瘦。他毕竟是第一次来我家,必须给我爸妈留下好印象。那时候天气还很热,他穿着这件外套一直在冒汗。我妈给他递纸,我爸甚至要搬电风扇下来给他吹,我在旁边笑到肚子痛。张张一边礼貌地笑着,一边擦汗,然而汗越冒越多。我爸最后发现是他多穿了一件,说脱了就不热了。最后,张张羞涩地脱下了这件外套。

那次回家,也刚好赶上了我小哥哥的婚礼,所以张张基本把我们家的亲戚都见了,我俩的关系也算是进了一大步。他在我家人面前的局促,我懂,我会帮他解围,帮他想巧妙的回答。他不会因为不自在、不习惯而跟我抱怨,反而会在意我家人的看法。我想张张下一次来我家时的样子,应该会比这次从容许多吧?

谈一场家人都认可的恋爱,真的很幸福。

关于叮叮家的故事

文/张张

    我去宁波之前,我爸妈特地把我带到超市,让我选点儿特产带过去。我想着要不选些干果什么的,保存时间长,也方便送人。他俩觉得礼多人不怪,烤全羊、熏马肠、干果、馕、红酒都给我安排上了。

    坐飞机的时候,我的行李超重了十千克。

    我到了叮叮家之后,了解到她妈妈和奶奶都信佛,不吃肉,我就自己把烤全羊、熏马肠吃掉了。剩下一大包馕和干果,馕都分给来家里的客人吃了。最搞笑的是,干果袋子上,连超市的标签都没撕,气氛一度非常尴尬。

    在此,我建议大家将来去女朋友家里拜访的时候,提前了解对方家庭成员的饮食习惯。

我提前学好的象山话，还是有点儿用的。

比如跟奶奶打招呼时，我都自以为很自然地说"阿婆好"。我说了两天之后，有天早上下楼，我说："阿婆好。"奶奶用方言说："以后你叫我'奶奶'也可以，我听得懂的，看你叫'阿婆'叫得很费劲。"

叮叮在旁边一边翻译一边狂笑。

我发现我虽然听不懂那边的方言，但是在那边生活几天就可以学会他们说话的方式。叔叔阿姨们也都亲切地叫我"张张"，哈哈哈，大概是跟叮叮学的。

还有几个小故事。

我去宁波之前带的辣椒丝馕是我爸看了我们的新年"开箱"之后（里面叮叮说很想吃辣椒丝馕），特地跑去大巴扎买回来让我带上的。我跟他说不用买，叮叮就是随口说说的。我爸说不行，人家小叮说过想吃，就一定得给人家买到。

在叮叮家的时候，叮叮说奶奶每天都会起大早去看小笼包店有没有开门（过年期间没有营业），是因为之前我来宁波的时候说很想吃小笼包。

叮叮就在家里说过一次，没想到奶奶就记在了心里，一直惦记着我想吃小笼包。

这种感觉很奇妙。

明明叮叮的家人我只见过几面，我的家人她也只认识了几天，却好像我们认识了很久。（有的时候我都能发现叔叔阿姨和我爸妈有一点儿害羞。）

在我见叮叮的父母之前,她就跟我说过,她爸妈是比较保守的人。

我做好了准备,结果第一次去她家的时候,准备的一切没用上,倒是她的家人让我受宠若惊。

叮叮外婆来家里吃完晚饭回家时,我跟阿姨送外婆。
外婆推着自行车跟我说:"子凡,我唯一的外孙女就交给你了。"
我不知道怎么回应,赶紧点头说道:"好,外婆你放心,我会照顾好她。"

叮叮弟弟也是很乖。
我们第一次见面时,我还没跟他打招呼,他就先叫我"姐夫"了。
叔叔阿姨着急地赶紧打断他:"你怎么回事,叫'哥哥'呀!"
哈哈,真是个小机灵鬼!

其实那次我们回宁波,见家长是一个原因,另一个原因是叮叮的小哥哥要结婚了,我们要帮她哥哥准备婚房。
婚礼上,结婚的哥哥准备在家人群里发红包。
另一个嫂子就说:"你们快把子凡拉进家人群啊。"
我赶紧说:"别别,哥哥嫂子别着急!等我们修成正果了再进也不迟!"
叮叮拉了拉我的胳膊:"就让你进去抢个红包,你着急解释啥啊?"
我说:"……"

参加完婚礼，我们很快就要准备启程回厦门了，下午要走，上午就一直待在她家，吃了丰盛的早餐。(真的很丰盛，我都吃撑了。)

叔叔阿姨喊弟弟拿出了她家的相册。是不是我们这一代人，每个家庭都有很多本黄色封面的柯达相册？叮叮家亦是。

我也终于得以欣赏小时候的叮叮。

哈哈哈，不得不说她真的很爱表现，摆的姿势特别多。

我坐在餐桌边看叮叮小时候的照片，叔叔阿姨跟我讲叮叮小时候的事。

阿姨说："你们很有缘分。"

我问："为什么？"

她说："叮叮四五岁的时候就很喜欢舞蹈，最喜欢的就是新疆舞，那时候在家里天天自己扭脖子跳新疆舞。这就是她跟新疆的缘分啊。"

下午分别之前，阿姨拉着我，要我们注意身体，别太累。

她说："阿琼要是欺负你，你就跟阿姨说！"

哈哈哈，我很给叮叮面子地说道："阿姨放心，她不会欺负我的。"（其实她有。）

叮叮在旁边给我一个欣慰的眼神。

这次愉快的"见家长之旅"到此就告一段落了。

我们一切顺利，继续向前！

写给叮叮的一封信

文／张张

叮叮：

今天是你的二十二岁生日，也是我陪你过的第二个生日。

我过生日的时候，你跟我说，错过了我的前二十一个生日，你觉得很遗憾，所以你送我二十一个小面包，点了二十一支蜡烛，算是补偿之前的生日了，我吃了一个星期才吃完，一个都不舍得扔。

你的生日我不会送你二十个小面包，错过你的前二十年，我一点儿都不觉得遗憾。如果没有我之前的这一部分人生，我也不会爱上现在的你，更没有机会陪你过以后的八十个生日。

对，我想陪你过后面的八十个生日，应该没问题吧？

你呀，笨得像个小孩子。

你走路的时候会把自己绊倒，夹头发的时候会把自己烫到，

让世界替我告白

  吃饭的时候会把油滴到衣服上,就在我写下这句话的时候,你又不小心撞到了自己的头,这是今天晚上你第二次撞到自己的头了。

  你可不可以让我省心一点儿?不要让我那么不放心你,不要让我觉得,我不在你身边的时候你就没办法照顾好自己。如果不可以,那就让我一直在你身边,让我来照顾你好不好?

  你呀,忘性太大。

  这一秒说过的事情,下一秒你就会忘记,所以我总是在提醒你,提前告诉你可能会忘记的事,怕你错过。你又说我啰唆,你说你自己记得的,我老提醒你,搞得你好像很蠢。你知不知道你说这句话的时候,脸上的表情真的很甜蜜?我就当你是喜欢了,我就当你是依赖我了。放心吧,我会很靠谱的。

  你又长大了一岁,我也陪你又度过了一年,我对你的喜欢好像没有减少一点点。

  希望新的一年,和你一起吃早餐的那个人是我,陪你每天上课、下课的那个人依然是我。

  希望新的一年,你的眼神依旧和现在一样,清澈、纯真,永远闪烁。

  希望新的一年,你依然爱我,我一直在你身边。

  生日快乐!

  我爱你!

你的张

2017 年 12 月 2 日

真爱证明

文/叮叮

我强烈推荐情侣们去看下《被光抓走的人》这部电影。

张张是在跟我吵架的时候去看的，看完给我买了份礼物，就回家哄我了。他跟我说超好看，忍不住要跟我分享，我说"别"。

到了晚上，他在床上打滚，说："忍不住了！有好东西，我总是忍不住想跟你说。"

接着，我就听了完整的剧情……

第二天我再去看，还是觉得蛮不错的。

这个片子不是那种大片的风格，也没什么戏剧化的冲突。我俩喜欢的是它的"设定"，还有被刻画得很细腻的情感。

影片中有句话："被光抓走的人，都是真爱，一抓就是一对。"

那么，被留下来的人就陷入了自我怀疑。

张张说，如果光照下来了，我们一定是秒被抓走。

我说，那如果我们没有被抓走，我也还是相信你，我这里知道（我指了指自己的心）。

因为我们不需要用任何行为或者方式去证明"我爱你"。

影片从各个角度描述了各种爱情的形态。

比如，父母这一辈的现状，那些没有被抓走的人，一直不敢面对没有真爱的真相。

我想到我爸说，现在他跟妈妈更多的是亲情和责任。

女生总是会问"你爱不爱我""那你要怎么证明"，这种问题真的很难回答，因为我们没有那一道"证明真爱的光"。

影片中正准备领证的情侣，因为这个而怀疑对方。男生很无力地说："我真的不知道该怎么证明了。"

说罢，他就从楼上跳了下去。

如果我愿意为了你去死，你也愿意为了我去死，这样都不算真爱，那还有什么算真爱呢？

片子的最后，官方否定了"被光抓走的人都是真爱"这个设定。

我觉得就算科学家们发现这个谣言是真的，也应该告诉大家这是谣言。

因为，如果没有人相信真爱的存在，那我们该怎么生活？

看完之后，我和张张都更爱对方了，哈哈哈……
我们吵架后的甜蜜期开始！

家庭影院

文 / 张张

我和叮叮有个很有仪式感的东西,我们叫它"家庭影院"。

虽然没有投影仪或者电视,只能用电脑放电影,但我们还是会把电脑在桌子上用架子架好,准备一些零食(最爱蟹黄瓜子仁)和饮料,两个人窝在沙发上,选一部我们都看过的电影一起重温。

不知道你们有没有过这种体验?就是在重温电影时,虽然两个人都看过,但还是有无数的"梗"可以说,还是能发现电影中新的细节,有时候一起说笑,有时候一起浑身起鸡皮疙瘩,有时候一起感动、憧憬。

叮叮是个很容易动情的人,看电视的时候总会把自己带入进去。她不管是看《猩球崛起》还是《延禧攻略》,漫威或者迪士尼,总是因为电影、电视剧里人的悲欢而动情。恺撒奄奄一息的时候她抱着我哭;魏璎珞坐在地上对傅恒说"好"的时候她抱着我哭;蜘蛛侠抱着钢铁侠消失成灰的时候她抱着我哭……好像她就是电影、电视剧里的那个人。以前我总摸着她的头安慰她说:"只是虚构的人物，干吗要哭？"她只会哭得更凶。

这种时候，叮叮强烈地激发了我的保护欲，让我想在她身边保护她。希望她能一直做一个小女孩，只被电影感动流泪，不被现实残酷击溃。因为，有我在！

叮叮有阵子又迷上了"猩球崛起"系列。

为什么说"又"？

因为这已经是她不知道第多少次看了，第一遍是我们刚在一起时一起看的，当时我也很喜欢，但跟她的喜欢还是有点儿不一样的。

就像我上面说的，她是那种很容易产生共情的人。

特别是看这种动物类的电影，她就特别容易被感染。

看一遍《猩球崛起》三部曲，她大概能流泪十次以上。

这次她又看完了一遍，她说她实在太喜欢猩猩了，问我能不能养一只，看她说这话时那真挚的眼神，我真不好意思拒绝她。

她开始查各种有关聪明的猩猩的故事，看有关人类驯养猩猩的纪录片，这两天甚至在学手语，因为有几只聪明的大猩猩跟人类沟通时都是使用手语的。

她说她要一天学两句手语，万一哪天碰到一只猩猩，就能和它交流了。

某天我和叮叮又一起看了一遍《彗星来的那一夜》。

电影讲的是关于平行世界的故事，我真心推荐大家去看。

电影里，因为彗星的到来，平行世界出现了。每个人都可以通过一个地方穿越到其他的平行世界。每个人身边的人可能都不是自己原本认识的那个人。

就比如我和身边的叮叮,因为彗星的到来,我们如果一不小心分开了,我们其中有人通过了那个穿越的地方,那现在我身边的叮叮就可能是来自其他平行世界的叮叮。

这很危险,因为你不能保证另一个世界的她还是你原本喜欢的样子。

所以,电影里的人就想出了一个办法——大家一起给自己的世界设置一个随机的参照物。比如说乒乓球拍、订书器之类,这样只要通过这个参照物的认证,大家就不会认错人。

叮叮看到这里,就说:"张张,咱俩也设置个参照物吧,就用这个迷彩的游戏和手柄好了。之后如果我们俩因为什么事情而暂时分开了,只要说出这个迷彩手柄,我们就能相认。"

我说:"好。"

我俩看完电影,就在沙发上睡着了。

睡醒之后,我很想喝咖啡,就从沙发上起来,轻轻地摸了摸她的脸:"我下去买杯咖啡,马上就回来。"

她迷迷糊糊中拉住我的手,对我说:"张张,要记得这个迷彩手柄哦,这样你才能找到我。"

观影看剧小时光

文／叮叮

《千与千寻》看过多遍后,我终于在电影院看到它了,每一帧都好美,巨幕看得清很多很多的小细节:云的茸毛、草的纹理、色彩的搭配、对边边角角的小人物的处理……

久石让的音乐响起时,我觉得又回到了那个很舒服、梦幻、温馨的时刻。

好多回忆的点啊。

比如,那座不能呼吸的桥,高中的时候我跟朋友看完之后,每次遇到桥就要憋气,看看能不能走过去。

剧里的每个人都好可爱。

我感觉宫崎骏爷爷真的是超级温柔的人,充满善意,对小角色的刻画也很用心,期待宫崎骏爷爷的下一部作品!

《请回答1988》的最后一集——宝拉和善宇的婚礼。

临走前，宝拉和爸爸互相给对方塞了封信。

唉……

我觉得女儿和爸爸的这份感情真的太煽情了，宝拉爸爸和我爸也特别像。

我记得小的时候，有一次我发烧了，晚饭过后，我爸坐在门边的小板凳上，我躺在他的怀里，他低头笑我，说我的眼睛红得跟小兔子的眼睛一样。

那时候，我觉得自己真的被无限的温柔和宠溺包围着。

我现在长大了，离家也远了，能表达爱的方式变少了。

因为知道回不到小时候，所以我很伤感。

长大的后遗症，就像宝拉说的，"光是喊出你的名字，就会让我泪流满面。"

我有一点点想他——我老爸。

和女友追剧日常

文 / 张张

有几天，我迷上了和叮叮一起看《请回答1988》。

很多人向我推荐过这部剧，我也在豆瓣上看过它高达九点七分的评分，但当时看过海报和简介后觉得就是一部家庭生活剧，讲的应该是些家长里短的故事，肯定不是我喜欢的类型，而且1988年我还没出生呢，对那个年代本身就没有印象，也就一直没有看的欲望。

一直到上周，叮叮说她看过好几遍，还想再看一遍。

我说你看呗，你看的时候我在旁边玩手机就行。她也没强求我，就自顾自地看了起来。

一开始，我确实没怎么看，偶尔抬起头，看着那个年代的人们住在小巷子里发生的故事。

一直到第五集,我实在有太多太多共鸣的地方了。

第五集是关于妈妈的,狗焕家里有三个男人,每天家里的大事小事都喊妈妈处理,三个男人像是什么都不会一样,让妈妈操碎了心。

直到有一天,妈妈有事要离开家两天,临走前很不放心,将每件事情交代好,饭都做好放在冰箱里,才念念叨叨地离开。

妈妈一走,家里就像开派对,三个人把平时妈妈(老婆)不让做的事做了个遍。

(很像我小时候,我妈不在家时,我爸就给我安排上烤肉和馕,两个男人光着膀子在家吃烤肉,美滋滋的。)

妈妈要回来的时候,他们三个迅速把家里收拾得干干净净、整整齐齐。

(我以为这一部分就到这里了,是讲妈妈不在家的时候男人们的快乐,但并不是。)

妈妈一回来,问家里的情况怎么样。

他们说很好,卫生有打扫,饭也吃得很好,还给她准备了最喜欢喝的排骨汤。

那一瞬间,妈妈的眼神黯淡了下去,他们都不明白为什么,看剧的我也不明白。

结果娃娃鱼对狗焕说:"是因为家人过得太好了。妈妈不在,家人还是过得很好。"

狗焕恍然大悟。我也心头一震，心想，这剧有点儿意思嘛。

后来狗焕故意打翻家里的煤，找不到自己的内裤，喊妈妈来处理。

她一边骂骂咧咧地说"没有我，你们怎么活啊"，一边帮他们做这做那，脸上是满足的神情。

当妈妈不开心的时候，你只要告诉她，"妈，我需要你"，她就能立刻开心起来。

看完这个片段，我就彻底喜欢上这部剧了，剧里情感太细腻了，它能抓住生活中最简单、平常的那个点，然后击中你。

当然，这部剧里不只有母爱，还有友情、爱情、亲情、邻里之情、大人和小孩的感情、兄弟情……太多太多细腻又温柔的感情被放在二十集的每一个片段里。

我觉得大家（包括我）喜欢这部剧，是因为里面有太多我们自己身上的影子了。

我们有些已经忘记或者在当时没有感觉到的感情，在看这部剧的时候被激起，然后激动，然后流泪。

我现在看了一半，已经把我前二十多年的人生回忆了一遍。

我一个身高一米九的大老爷们儿，晚上看剧看得和女友一起笑，一起流泪。

叮叮说:"老公,你看这个宫女。"

我说:"怎么啦?"

叮叮说:"我觉得她长得还可以。"

她一边说,一边用余光偷瞄我的反应。

我面无表情地说:"我觉得一般般。"

叮叮说:"哼,算你识相。"

只要我反应得够快……女朋友就套路不到我。

叮叮说:"你觉得你跟这宫里的谁比较像?"

我说:"我觉得我跟傅恒比较像,又帅又专一。"

叮叮说:"那你觉得我跟谁比较像?"

我说:"嗯……一半的魏璎珞吧。"

叮叮说:"为啥是一半?"

我说:"因为一半是我爱的女人,另一半是皇上的女人,那另一半跟你不像。"

叮叮说:"你看这妃子的妆,一看就是个坏人!"

我没说话,继续看剧。

叮叮说:"嗯?你说呢?"

我说:"对!坏坏的!"

叮叮说:"我不许你用叠词形容她!太亲密了!"

想和你一起看比赛

文 / 张张

叮叮是个典型的看脸型的人,她说射手座都这样。之前我们一起看 NBA(美国职业篮球联赛)的时候,她说喜欢库里,因为库里帅。在 NBA 这种黑人众多、肌肉男成群的比赛里,库里算是长得清秀可爱的,再加上三分球对于女生来说观赏性比较高,叮叮就成了库里的粉丝,她偶尔也喜欢汤神(汤普森)。

这是件好事,如果她有个喜欢的球队和球星,看球成了她也喜欢的事,我不就更有理由看球了吗?

所以,我看比赛都有叮叮陪伴,我也会给她讲球星之间的趣事和段子。

她说以前陪爸爸看过 CBA(中国男子篮球职业联赛),对 NBA 和足球这些不甚了解。

我就跟她讲球星之间的故事:哈登的"Imma Be a Star"(我会

成为明星),雷阿伦2013年的逆势绝杀,杜兰特和威少的爱恨情仇……她都听得津津有味,逐渐就被吸引,看球的时候也就有了更多感情。

她后来为詹姆斯路转粉(指从"路人"转为"粉丝"的过程),觉得他太不容易了,一个人扛着球队前行。

所以,我们开始看世界杯的时候,本来喜欢德国男模队的她,很快被C罗吸粉,说他跟詹姆斯很像,都是一个人扛着球队前行。

我俩看世界杯也不是就坐在那儿傻傻地看比赛。

两个人开罐啤酒,点只烧鸡,我就开始给她讲足球的故事。

墨西哥门将惊世骇俗的那一次脚跟扑救、2006年齐达内在决赛场上的那冲动一顶……

我最爱的亨利出现在比利时场边时,我激动,她也跟着激动,甚至我还给她看我很喜欢的足球鞋广告——"Winner Stays"(赢者留下)。(强烈推荐,视频网站上都能搜到。)

她说,以前也没看我去踢过球,怎么这么了解足球。

我说喜欢的球星退役以后,去踢了几次球,感觉少了些动力,就逐渐放弃了,但对足球的热爱还在啊。

说起来,我还挺感激她的。

我以前和女生说起足球、篮球,就像是鸡同鸭讲。

这些事在叮叮身上都没发生,她甚至还很快就懂了什么叫越位。

我说起的足球逸事,她也觉得很有意思。

虽然我和她看球不像和男性朋友一起看球，大家能分析战术，讨论球星，是好友们也有工作要做，有恋爱要谈，很难聚在一起看场比赛。

我身边能有个人天天一起看球，分享开心，我挺满足。

我忘记哪届世界杯期间，徐峥有部电影，是说他换了好几个女朋友，其中有一个女友跟他一起深夜看球，甚至能喊出球星的名字。

我记得当时看这部电影的时候，非常羡慕徐峥演绎的那个角色，幻想长大后也能有个女朋友和我一起看比赛。

然后跌跌撞撞的十几年过去了，我就碰上了叮叮，算是满足了我的童年心愿吧。

我曾答应她，如果有可能，要带她去NBA现场看看库里，我也相信下次世界杯的时候，我能带她去世界杯的现场看球，这是我的中年心愿。

最后，我想让广大女同胞了解，你的男朋友是真的很希望你跟他一起看球的。

如果你真的不喜欢看也没关系，请给他们一点儿空间。

世界杯四年才一次，他就指着这一个月过瘾了，你给他买两瓶啤酒，让他给你点个外卖，你吃夜宵，他看比赛，也美滋滋啊！

路怒症

文/张张

2018年9月3日,我和叮叮拥有了属于我们的第一辆车。

我们给它起名为"Jack"。

因为在扑克牌里"J"代表"Jack",是骑士的意思。

"Q"和"K"是"Queen"和"King",我们是国王和王后,它就是我们的骑士。

我们刚买车的时候,叮叮说我有路怒症。

我说:"我没有路怒症,有路怒症的人对路上的每一个人都不爽,觉得自己天下第一,见人就骂,见车就按喇叭。我生气是因为有些车主真的对自己和他人很不负责任,有些行为造成的伤害我们看不到,可能这一次我刹车刹得及时,伤害没有发生,下一次别人没刹住的话,那就是一次惨剧。我只会对这样的事情发火。"

她在旁边似懂非懂地哦了一声。

后来我们跟朋友自驾游，前面的车在高速上龟速变道，我一脚踩急刹，她张口就朝对方喊："你怎么开的车呀！知不知道这样真的很危险！下次别这样了！"

旁边的朋友笑着调侃她："没想到叮叮有路怒症呢。"

她轻描淡写地说："如果我不骂，张张也会去骂他们，骂完他的心情会很不好。但是如果我先骂了的话，张张就不会生气，反而会来哄我，让我不要生气，这样我们俩就都不生气了呀。"

我说："好像有点儿道理啊。"

听罢，我想到了周杰伦的一句歌词：想要有直升机，想要和你飞到宇宙去。

让世界替我告白

关于吵架

文／叮叮

有一次，我与张张大吵了一架，当场甩下他，然后删好友不解释。我这暴脾气来得快，然而气消得也快，十分钟后我就开始想，他怎么还不来加我。(因为我们有个约定：吵架的时候，不管是谁先删的谁，另一个人要无条件地申请添加好友一次。)

也许是因为在那段时间，我俩一直在纠结以后的去向，吵架也会让他心灰意懒，觉得既然未来很坎坷，要不然就算了吧。

想到这里，我的心情也变得很低落。我一直刷着微博，看看他有没有发微博。

不久我就刷到了一条微博，我觉得故事很暖，又很心酸，像极了我跟张张，我就点了个赞。

过了五分钟，我发现张张也默默地赞了那条微博。我一下激动起来，看来这厮也跟我一样，烦躁得在刷我的微博，又不敢找我。

我笑着发了条微博：这是我今晚的地址，请你来找我。

发完之后，我像是刚恋爱似的，在寝室里坐立难安，想着他如果过来了，我一定冲下去给他个大大的拥抱。我想着要不要洗澡、化妆呢？万一他不来呢？我赶紧去冲了个澡，然后穿好衣服，画好眉毛等他。

我等了好久，等得都困了。

我看到他给我那条微博点了赞，点了就算是来过了吧。

我默默地想了一会儿，理解上有误或者是懒，的确像他的作风。

然后我就上床了。如果他过来了，我会很感动；如果他没过来，也很正常，毕竟生活不是偶像剧。

他就是这样，表面上给你百分之十的暗示，其实心里早就百分之百了。第二天，他发来了好友申请。

我们一起看《春娇救志明》的时候，志明害怕失去春娇，所以哪怕是春娇无理取闹，志明还是主动给春娇发了条消息："再给我一次机会吧？"我意味深长地看了一眼老张，他在那儿笑着说："你的气消得比我快，你以后等等我好吗？我会找你，以后第一条就发：'再给我一次机会吧？'"

我说："好，还有……"

他说："n 55iw I。（隐藏式的表白语，我想你了。）"

我们吵架时，张张修炼了"找台阶下"大法：1. 发微博、发仅叮叮可见的朋友圈；2. 不动声色地示好；3. 装可怜。

有一次，我们因为一点儿小事而吵架，我自己去上课没理他，下了课就看到他发了条微博（第一个台阶）。

我没有回复。

回去之后，我发现他在吃我前几天从家里给他带的"米胖"。

我坐在自己的位置上没理他，他吃着吃着，递过来自己啃过的一块，放在我嘴边示意我吃，但不说话（第二个台阶）。

我也看着他，不说话。他默默转过头去自己啃着，过了一会儿，又转过来，看着自己的手臂，叫道："哇，这是什么？"（第三个台阶）。

我心里真的非常想笑了。

因为上一次吵架，他也是发照片给我，说把自己的手腕扭到了，要去医院，然后骗我回去之后，他就跟没事人一样。

我看着他，问他："这是什么？"

他说："我也不知道，可能等这条线蔓延到手上……我就……"

其实那个印子就是睡觉的时候压的。

真的是很好笑，他就像个小朋友，又爱面子，又想要你的抱抱。

关于我和小叮的吵架规则

文 / 张张

别看我俩一天到晚挺甜蜜的，实际上我们也没少吵架，吵起来的时候谁也不让着谁。

真的吵起来的时候，我们都凶，气得我直捶墙。

但是不知道为什么，每次吵架的时候，我们都不能看对方的眼睛，不管多凶、多狠，只要一对视，就会笑场，所以真的想发火的时候，我们不敢对视，实在吵得停不下来了，其中一方就会说"有种你看着我的眼睛"，我们就绷不住了，开始哈哈大笑。

虽然我在网上总说，女朋友没有犯错的时候，但真到了我觉得她错的时候，我就得跟她好好说道说道。

她犯错了就是犯错了，就得态度诚恳地道歉并获得我的原谅。

不过，大多数时候只要她一哭，我就输了。

像她那种圆滚滚的大眼睛，积满泪水看着我的时候，我是一句话都说不出来的。

这时候如果她说:"你干吗对我这么凶?"然后一边哭一边捶我的胸口,我就崩了。

啥道理啊,原则啊,自尊心啊,全滚一边去了,我只想一把把她搂到怀里。

大不了我道歉呗。

有人问我,你俩是怎么做到谈恋爱这么久还这么互相喜欢的?我也回答不上来。

但每到这种把她搂在怀里的时刻,我心里又好像有了答案。

我每次不想跟她和好的时候,我就穿上衣服下楼,买一份关东煮,坐在公寓大厅打游戏,不一会儿她就会给我发短信让我回来。

她特别生气的时候,就跑去拿出自己的行李箱,装模作样地收拾衣服,每次收拾得特慢,边收拾边吸溜鼻子,还要问我:"张子凡,我身份证在哪儿?"

我时常看到大家对情侣吵架的问题非常困惑,就和小叮在飞机上整理了我们在一起之后吵架的经验和规则。

这些规则不是一开始就有的,是我们一次次吵架,一次次和好之后总结出来的,我觉得还挺有现实意义的,但不一定适用于所有人。

(1)不说分手。

这是第一步,也是非常重要的一步。

小叮一直跟我说"我们分手吧",这五个字比脏话还让人难过。

两个互相喜欢的人在一起，只有不断磨合和成长，感情才能越来越稳定。我们也看过太多情侣吵架时说了分手，遗憾了一辈子。

天生一对毕竟只是极少数，我们大多数人跟另一半没那么"契合"，这就需要长时间的互相习惯和接受了。

所以吵架的时候不要说分手，因为它只会对喜欢你的人造成伤害。

分手必须是长期思考带来的结果，做好了决定，再心平气和地说出来，起码不会遗憾。

（2）不翻旧账。

吵架就事论事，今天犯了错，可以在今天生气，吵完了、说好了就过去了。

不要在下一次吵架的时候拿出来说，因为旧账真的翻不完。

日子过得越久，积累的吵架原因就越多，如果一直记着对方过去犯的错，那就是积怨了，太容易分手了。

你要是翻旧账，容易让人觉得你在找事。

我今天只是打翻了一杯水，你却要说这和我去年弄丢你的手机一样，是我一直对你不上心造成的……我真是能气死……（一个例子）。

这样的情境真的非常伤人。总而言之，就是不翻旧账，今日事今日毕。

（3）只对事，不对人。

这个就是说，对方如果做错了什么事，你可以要求对方认识自己的错误以及道歉，但是不要因为对方做错了某件事就否定这个人，特别是不要骂人。

我们在不理智的情况下，往往会用最残忍的方式去伤害自己在乎的人，这种行为我和小叮都有过，如用脏话骂对方。

我们事后都觉得很后悔，话说出口就那么几秒钟的时间，却很容易在对方的心里留下一辈子的疤痕，还容易被翻旧账。

所以我们约定好，再生气也不能说脏话骂对方，顶天了也只能说"白痴""笨蛋""神经病"这样不那么"脏"的话。

这是感情里比较基本的尊重问题。

当然，你如果真的碰到比较奇葩的人，他经常做出不道德、不合理的事，经常在生气的时候骂你，完全不在意你的心情，你觉得是他这个人有问题，就请尽早分手吧！（特别是家暴，发生一次就赶快分手吧，如网友所说，家暴只有零次和一万次。）

（4）不做任何伤害对方或者自己的事（物理上）。

我其实见过不少这样的事……（以往的朋友）

因为情侣吵架，闹得其中一方说活不下去，要自杀或者自残，以此来威胁对方。

我特别能理解这样的心情，有时候人在生气或者不理智的情绪中，很容易产生危险的想法，特别是在对方态度冷漠的时候。我也有过，希望以这种方式来换取对方的大吵一架或者道歉。

这是最极端也最不安全的方式。

在这种情绪之下，如果对方再一刺激，后果就会不堪设想。

所以在和小叮吵了几次架之后，我俩就约定好，不管吵成什么样，我们都不能做出任何伤害对方和自己的事。

我们也一直践行着这条约定。

（5）不能失联。

我有一个朋友，他跟女朋友吵架的时候，那女孩不接他的电话，他就一直打，然后还要出门找那女孩。（担心女孩是不是出了什么危险。）

我和小叮恋爱初期吵架的时候，我也会偶尔跟她冷战。

她后来跟我说，不能不接她的电话，就算要冷战也得两个人在一起的时候冷战，或者通着电话不说话也行。

我也就慢慢觉得确实不能失联，因为会让对方担心，不停地寻找，在这个过程中可能会发生危险，而且自己也没办法真正冷静下来。

所以我们俩如果吵架了大家都不想说话，就先说好：互相冷静俩小时，我去健个身跑个步，你该干吗干吗，冷静下来我们再好好沟通。这招还是挺有用的。

（6）给台阶就下。

这是我们用一年的时间才逐渐修炼成的实用方法。

大家肯定都遇到过一种情况：当吵完架，对方给自己台阶的时候，没办法很快下来。

因为人的情绪很难转变，上一秒我还在和你生气，你跟我道完歉，我就得原谅你？不可能，我要你再求求我，写个保证书，给我揉肩、捶腿，我才能原谅你。（肯定会有这样的想法。）

但是我和小叮都比较倔，如果我道完歉她没原谅我，行吧，那我也生气了，给你台阶你不下，这台阶我不给了。

我们俩发生过很多次这样的情况，事后安静下来复盘的时候，我们经常怪对方为什么不接受自己的道歉,"我都已经道歉了,你还要我怎么样?"然后我们就开始下一次的吵架了……

后来我们意识到这个问题,觉得这样下去肯定不是办法,既然双方都这么倔,那就都退一步,立一个准则:有台阶就下,对方认错就先原谅,之后再慢慢平复心情。

这个方法果然非常好用,我也渐渐发现其实出现问题的时候,先道歉也没什么关系,因为无非就是面子问题,放下一点儿面子,换来和谐的关系,我觉得是值得的。

这些就是我和小叮的恋爱规则,它们一直随着时间的推移而不断向好的方向变化。

幼稚的他

文 / 叮叮

有一天晚上，张张和我说想喝酒，我说："好啊，什么时候，叫上朋友一起。"

他说："我只想跟你喝酒，就现在。"

我说："好啊，那你点一箱来，我们不醉不休。"

他想了一会儿，说："你最近胃疼，早点儿睡吧。"

说罢，他就在旁边睡着了。

我想起白天的时候，他说自己最近对什么都提不起兴趣。

我说："车不算？"

他说："车贷、房租、水电费、物业费、停车费、油费……每个月要承担的东西越来越多了，以后结婚有宝宝后就更多了，想想就很累。"

我说:"也许这就是长大吧……"

白天的时候,我们吵了两次架,原因都是他态度恶劣。
他仔细想想之后又跟我道了歉。
人们都说男生每个月有那么几天"大姨夫",可能这几天就是他的情绪低落期吧?

他背朝着我睡着了,我应该转过去抱他。
他最喜欢我在背后抱着他了!

有一次,我早上化妆,刚打完底,张张就越过我,拿吹风机。
他故意把脸停在我面前,我撇着头看他,问他好了没。

他撇着嘴退回去了:"难道你靠近我的时候,都没有要亲我的冲动吗?"
我说:"……"
他说:"果然还是我爱你比较多……"

冬天有点儿冷的时候,我还会抢被子。(很有自知之明的叮叮)。
我说:"我们盖两床被子吧,不然你总会冷醒。"
他说:"我不!"

我说:"反对无效。"

后来,我们开始盖两床被子,一人一床。

他每天都委屈巴巴地伸过来一只手,要不就是把脚钻进来,挨着我的脚,然后又变成把我和被子全部裹进他的被子。

于是,我变成了每天盖着两床被子……

有一天,我们吵架了,我拿了个枕头放在两个被子中间,说:"不准越界。你不求着要进我的被子,我是绝对不会让你进的。"

第二天,他钻进我的被子,说自己一晚上没睡着。

恋爱中的男孩子非常幼稚,而且幼稚起来会上瘾。

我说:"你还变得回去吗?"

他秒变男神,然后没撑一会儿就跟我撒娇。

可惜这些样子录不下来,我一拿镜头对着他,他就露出一副成熟稳重的样子。

张张说:"以后我们的宝宝一个叫'千里',一个叫'目',这样跟妈妈连起来就是'欲穷千里目'了。"

说完宝宝的名字,他又开始给孙子起名儿:一个叫"更上",

一个叫"一层",一个叫"楼"。

我说:"不行,以后千里会问我'妈妈,为什么我叫千里,难道我是一匹马吗?'"

某一个晚上,我在护肤,他洗完澡出来,问我:"老婆,上次买的清洁面膜在哪儿?我今天要用。"
我说:"不是我们俩上次一起用过吗,怎么又要用?"
他说:"我看了,那个一周可以用两到三次呢。"
我说:"一周用一次就好了。"
他说:"不,我觉得我需要两次。"

他自己找到清洁面膜开始涂。

他说:"这次用为什么这么痛啊?"
我说:"因为你的脸缺水,用完要敷面膜补水。"
他说:"好嘞,那麻烦老婆帮我准备好面膜。"
我说:"我刚好有款补水的面膜不用,就给你用吧。"
他说:"不,我要用你用的。"
……

他敷完面膜问我:"要不要洗脸?"
我说:"要啊,还要用护肤品。"

他说:"老婆,你的眼霜我还能用一下吗?"
我说:"不行!"
他说:"好的,谢谢老婆,我自己拿喽。"
我说:"等一下!我来帮你涂。"

我躺在床上快睡着了,他在旁边说:"我的皮肤真好。"
我一看,是真的好,还未吸收的精华在脸上反着光!
我恨!为什么要让他尝到护肤品的甜头!

我的小女孩

文 / 张张

某一天的早上我凶叮叮了。

她说她自己拎得动两个大袋子,我说:"你拎一个吧,剩下的等会儿回来搬。"

她非要说她可以,结果出门走了几步她就拿不动了。

那天早上刚下过雨,地上是湿的。

她说不行,不能把袋子掉在地上,小脸憋得通红地拎着袋子。

我心疼得要命,就凶她:"你拿不动就不要拿那么多!给我放下!"

然后我把她的袋子放在我抱着的箱子上,结果扭到了背。

唉……我到底是养了个女朋友,还是养了个女儿?

某一天的凌晨，我洗完澡出来时，叮叮在沙发上睡着了。

于是，我抱起她上床睡觉。

我自己又下楼打开冰箱，拿出傍晚冰好的水，咕咚咕咚地喝了几大口。舒服！

我好像很久以前幻想过这种画面：深夜打开冰箱，拿出冰镇的水，倒在杯子里。夜很安静，只能听到自己喝水的声音。

幸好有你在，让我在这遥远的城市从不觉得孤独。

叮叮很厉害的一点是分不清很多词的顺序，就这样读了很多年竟然还知道意思。

比如："张子凡你这个人怎么一点儿眼见力儿都没有""哇，你真是三大五粗的！""唉，别说了，女默男泪"。

她就是这样一个女孩，我还觉得挺可爱！

喜欢一个人从来都不难，一个眼神、一次回眸、一个拥抱，你就能喜欢一个人。

难的是一直喜欢一个人。

她深夜里不明原因的眼泪，她永远也无法说出口的自卑，她只在你面前卸下的防备……当你对她的了解超过以上所有之后，还能笑着一把将她搂入怀中，说："没事，有我呢。"那才比较酷。

有一次我看到一篇文章，大意是说，在你的眼里，你喜欢的人就是全世界最好看的人，不管任何角度，任何动作。

但是当你给其他人看她的时候，他们可能会觉得她有些地方也不是很好看，有些角度也会看起来一般。

我觉得非常有道理。

每次叮叮让我给她拍照，我觉得我每一张都拍得特别好看，这张腿长，这张可爱，这张眼睛圆溜溜的，很萌，可是我给她看的时候，她总觉得不好看，然后让我重拍。

有时候我会很生气，这张明明那么好看，你为什么还不满意？她说这张哪里哪里突出了她的缺点……我却根本没发现。

直到看到这篇文章，我才开始明白，原来是我太喜欢你，所以你每个样子我都能发自内心地欣赏，你做的蠢事在我眼里也变成了你的可爱之处，我一直以为是你本身就这样处处完美。

其实是我眼里的你，处处散发着光芒。

你走路走不稳，像个刚学会走路的小朋友；你累的时候挂在我身上，像一只考拉；你做饭切到手，哭哭啼啼的样子像嗷嗷待哺的幼年鸟儿，我除了哄你，也别无他法。

我哄你的时候，看着你由哭到笑，我也由衷地开心。

谢谢你，小朋友叮。

我发烧的时候，叮叮叫我上楼睡觉，自己偷偷去楼下买药。

她回来后把我叫醒，叮嘱我喝水、吃药。

我看着她盯着药盒上的用法用量看了好久,就让她拿给我来看。

她不愿意,说我生病了,就该让她照顾我。

我们点外卖的时候,每一项配料她都要查:"发烧的时候能不能吃××。"

她查完了才让我点。

唉……被我家小女孩照顾的感觉真好!

我和叮叮去 4S 店签合同的那天,是我第一次看出叮叮有种女强人的架势,她和工作人员算金额的时候,一笔一笔,一项一项,算得清清楚楚。

工作人员转头问我:"你家这位是学理科的吧?"

我说:"她是学艺术的。"

旁边的叮叮听得心里乐崩,嘴角却没有一丝上扬的弧度,接着说道:"来,这个价格我算得没错吧?"

叮叮一副管事女主人的模样。

算完价格,工作人员拿来合同让我签字,指着空白处说:"这里签正楷,不要连笔。"

叮叮在旁边偷偷地小声问我:"哪个郑哪个恺啊?"

我只差笑出声了。

她的形象瞬间崩塌,回到十五岁小女孩。

在我们恋爱的过程中,叮叮总是在后悔,这让我哭笑不得,所以特别想写下来跟大家分享……

有一天,我和叮叮在外面学习,结束之后准备坐车回家。

叮叮说:"张张,我们去买一份汉堡王的薯条带回家好不好?"

我说:"好啊,去买。"

到了汉堡王,站在柜台前,她看了看说:"我不喜欢汉堡王的薯条,要不我们还是去麦当劳吧?"

我说:"好,那走吧。"

所幸麦当劳就在隔壁。

麦当劳的小姐姐笑盈盈地看着我们说:"想吃点儿什么呢?"

叮叮转身拉过我,小声说:"我想吃小食拼盘,这家麦当劳怎么没有?"

我说:"小食拼盘是肯德基的吧?"

叮叮说:"啊……那……要不,我单点个薯条吧?"

我知道她是不好意思再走了,就转过身对小姐姐说:"不好意思,走错了……"

说罢,我就拉着她赶紧走了。

我们出门上楼到了肯德基,我说:"这次你不会说想吃的是比萨吧?"

叮叮说:"不会,就要个小食拼盘就行。"

我俩穿过走廊,刚站到肯德基的柜台前,她就说道:"张……

我刚买的发卡好像放在汉堡王的柜台上了……"

我:"……"

还有一次,我们一起吃火锅,点单的时候,我说:"叮,我们俩都能吃点儿辣,要不直接点个红锅吧?"

叮叮说:"不行,我不爱吃辣的!鸳鸯锅吧。"

菜上来了以后,叮直接把一盘肉全倒进了辣锅。

我目瞪口呆地看向她。

叮叮说:"哎,肉还是要辣的好吃。"

我:"……"

我们吃炒菜的时候也是这样。

叮叮说:"我现在饿得能吃下一头牛!"

于是,她唰唰唰点了四个菜,三荤一素,然后吃了半碗米饭,我吃了一碗半米饭……

嗯……恋爱中的男生是怎么胖的,你们应该懂了吧?

我们在四川吃成都小吃时,我要了一个辣的拌面,她要不辣的汤面。

上来之后,她问我:"张张,要不咱俩换下试试?"

我说:"想吃你就直说。"

然后我就吃掉了那碗不辣的汤面。

不得不说,四川美食真是越辣越好吃。

我们去新疆玩的时候,在火车上,叮叮说:"张,下火车以后我要狠狠吃羊肉、烤肉、炖肉,各种肉给我上!"

到新疆一个星期之后,我妈问她:"今天想吃啥?"

叮叮说:"阿姨……要不,咱们这顿吃点儿素的?"

我一般等她衣服、裤子都选择好了才开始穿衣服穿鞋。

等我穿好站在门口的时候,她问:"张张,这条项链好看不?"

我说:"好看,不错。"

叮叮说:"不行,这个颜色跟我身上的衣服不搭。"

叮叮说:"这个耳环怎么样啊?"

我说:"嗯,跟衣服蛮搭的,还显脸小。"

叮叮说:"好吧,那就戴这个。"

叮叮说:"这个袜子颜色不错吧,显不显腿细?"

我说:"显,腿特细,好看。"

叮叮说:"那我今天戴这个帽子了哦,衬不衬我的肤色?"

我说:"哇,太好看了吧,简直是点睛之笔。"

叮叮说:"好,那就这样了,走吧!"

我如释重负。

我们在电梯里,叮叮照照镜子,"嗯!不错!"

我们走到小区门口,她又说:"张张,这帽子我戴着好累哦……你帮我拿着吧……"

于是,这一天我就会一直拿着那顶帽子……

她跟我回新疆的时候,我们跟几个朋友一起开车去山上玩,那时候是夏天,城市里有三十五摄氏度以上。

我说:"你把你的羽绒服带上吧。"

叮叮说:"神经病哦!我要穿得美美的,去山上的草原上拍照!"

她不知道的是,那时候山里会下雨和冰雹。

路上其实还好,穿过沙漠,来到没有树的山谷,太阳照到的地方都很热。

叮叮还在车上对着我朋友嘲讽我:"哈哈哈哈,张子凡带了羽绒服,你们知道吗?哈哈哈哈哈。"

大家转身看她,说:"我们都带了。"

我们到达目的地的时候天都黑了。

叮叮摇下车窗想吹吹风,然后默默地摇上去了,拍了拍我的肩膀:"张……那啥,我的羽绒服呢?"

有一次,叮叮的哥哥和嫂子来厦门,她说:"我们晚上跟他们一起吃个饭吧?"

在这之前,我是没有见过叮叮的家人的,只从她的讲述里听过。

我说:"你哥哥来厦门,你不得请客吗?"

叮叮说:"好啊,我请客。"

晚上定在厦门一家有名的特色菜馆吃饭。

接下来的一整天,她比我还紧张。

叮叮说:"张张,要不你去理个发吧,把头发收拾得帅气点儿。""张张,我哥他人很好的,你放心,他不会为难你的。""张张,我哥十月份就要结婚了,今天可能会邀请你参加婚礼,你要答应啊。"

虽然我没有说过我紧张之类的话,但叮叮就是比我还要紧张。

去餐厅的路上,她还一直跟我说要放松,我想这应该是她放松自己的一种方式。

带喜欢的人见自己的家人,她比我还紧张,是不是说明,她是真的很想自己的家人喜欢我?

见了哥哥之后还好,他人很随和,也会和我俩开玩笑,气氛很融洽。

他确实邀请了我去参加他们的婚礼,我也答应了。

饭后我抢在叮叮之前买了单,她悄悄说回去转账给我,我说不用,感觉就像是请自己的家人吃了顿饭那么简单。

我也不记得是什么时候开始的,我们俩就很自然地开始见对方的家人,和对方的家人加了微信,也逐渐有了一些联系。

我妈总问我叮叮想吃什么,她从新疆寄过来。叮叮的家人也会关心我最近怎么样。

很多事情变得越来越自然、简单。

希望一切如此顺利地简单下去，直到那一天。

我跟叮叮都是心很软的人。怎么说呢？就好比我们俩一起去买东西跟人砍价。

人家说："唉，生意不好做，很辛苦，老板不给更低的价格了，我也是打工的。"

我俩立马就心软了，我说："你陪我抽根烟去。"

说罢，我就会把她拉到门口。

两个人稍微合计一下，想着也没贵多少，人家也不容易，算了。

接着，我们就不舍得砍价了，人家说多少我俩就给多少。

通常都是在下完定金回家的路上，我俩开始后悔。

"哎，你看，刚刚他说向老板申请，说话的语气不像是在跟老板说话呢。"

"就是噢，我也觉得不太对，但看你没说，我也就不好意思说了。"

"屁！明明就是你最先心软的，现在还能退吗？"

"退不了了，定金都付了！"

"都怪你！今晚给我全身抓痒痒我就原谅你。"

"还全身抓痒痒？我不让你给我全身按摩，你就已经该偷着乐了。"

然后我俩就笑成一团。

很多很多次都这样，我俩永远保持一个阵营，一起心软一起输。

但输又如何呢，我和她在一起的时候，怎么能叫输呢？

有一次，叮叮坐在沙发上看电视。

我走过来准备坐下的时候，小脚趾撞到了桌脚，我大喊一声，顺势坐在了她旁边，两只手捂住自己的脚。

她一边说"怎么啦""怎么啦"，一边扒开我的手，好像她恍惚之间把我的小手指看成了脚指头，突然开始大哭："我以为你的脚趾直接撅过去了，呜呜呜……吓死我了，呜呜呜……"

搞得我脚趾疼得还没缓过劲儿呢又开始哄她……

还有一次是我俩坐在沙发上看电视，看来看去觉得没啥好看的，刚好看到有个××怪物，我说："你不是喜欢看怪兽类电影吗？这个合适，有点儿恐怖的那种。"

叮叮说："不看不看，大晚上看很恐怖！该去洗澡了！"

我就让她去洗澡，结果她把我一拉，说："张张，你刚看那个××怪物的海报把我吓着了，我不敢自己洗澡了，你现在这么胖，刚好也该做些运动，要不然你把瑜伽垫拿到浴室门口，我在里面洗澡，你在门口做运动，怎么样？"

我说："……你的意思是我去给你看门吗？"

其实说她胆小，也不全是。

忘了具体是什么时候了，那时候我还在兼职做模特（还很瘦），我在福州做一个活动，就是类似站台活动那种。

叮叮那时候在厦门，没有跟我过来，结果一天下来我发烧了，晚上在酒店难受得死去活来。

我跟她说我很难受，就先睡了。

早上六点多，我迷迷糊糊地醒了，看到她发来的消息，问我酒店的地址。

我说："你问这个干吗？"

她秒速回我："我已经在动车站了。"

她一晚没睡，订了早上最早的一班动车就赶过来了，怕我烧昏过去。

我当时很惊讶，嘴上说让她不要来，但心里极其感动，就差给她打钱了。

在我看来，这件事算是她的勇敢事迹之首。

我是这么觉得的：我在的时候，她就把自己弱化了，什么都要我来，什么都要哭哭抱抱举高高；但当我不在她身边或是我需要她的时候，她就迅速成长为女强人、女汉子，仿佛吃了钢铁合剂，短时间内获得巨大力量。

她也想为我挡风遮雨，也想我依赖她。

我确实很依赖她。

细节才是把爱糅到了行动里

文/叮叮

他做了所有的细节,而我记住了每一个细节。

他经常会抓起我的手,放在他嘴前,亲吻我的手指。无论是走着路、坐着车,还是讨论着事情,他都会不自觉地抓起我的手,印一个唇印。他的嘴唇软软的。

我们家灶台上面的柜子,正好在我脑门儿的位置。我第一次打开柜子的时候,差点儿撞到脑袋,现在每次我在那边,他要打开柜子的时候,都会扶一下我的脑袋……有一天我坐在沙发上,看到他打开那个柜子,然后他的脑袋不自觉地躲了一下……明明根本就碰不到他,这脑袋是替我躲的吗……很可爱。

我很喜欢挠痒痒,之前一直缠着他,要他给我挠痒痒。但他每次都不情愿,我就不提了。某天我突然发现,他会不自觉地挠我。看电影的时候,我把手放在他身上,他会不自觉地轻轻挠我。

我半夜醒来，他在旁边看书，迷糊中，感觉他用一只手在给我挠痒痒……他的指甲被他自己啃完了，圆圆的，很钝，但是他轻轻地挠着我，很舒服。

我们家的沙发有股神奇的力量，无论是谁，一挨上马上犯困。每天吃完晚饭看电视的时候，他都困得不行。但每次要睡着前的那一秒，他的脑袋都会自觉地挪一挪找到我的腿，然后他就睡着了……他像是要找到一个最舒服的姿势入睡。

那次他把我偷偷带去旅行，我什么都不知道就已经在高速路上了。他喜滋滋地说，带我去一个很美的地方度假。我又生气又好笑，因为我什么都没带，甚至没化妆。下一秒，他就跟我说，他帮我收拾了行李，也带上了我最重要的眉笔，买好了各种零食，挑了他认为最仙的裙子。

他说我只要跟着他就行了，他都已经安排好了。

他总是会突然蹦出一句话："老婆，你这温柔乡真的太烦人了。我要是每天能克制住不亲你，能节省出好多时间来呢。"

他可能说过就忘了，但我记得。

我有段时间经常做噩梦，每次半夜惊醒之后，就会想马上钻到他怀里，他虽然是睡着的，但马上就把我搂住，然后一个吻落在我的额头上。

有次我们买了鞋架，我的单鞋因为上次试了一下，放回去的时候没摆好，两只不在一起。等到第二天早上我去穿鞋的时候，他走在前面。我拿起高处的一只套上，下一秒他就把另一只捡起来放在我脚边，他的手比我的鞋还大。

《美女与野兽》里那只野兽拿起水晶鞋时应该也是这样吧，很细心、温柔。

我们家的浴室里的花洒是可调节的，我和他有二十五厘米的身高差，每次他洗完澡，总是会把花洒调到适合我的高度，起初我没发现，直到一次他忘记了，我发现那个花洒挂在高高的顶上，才知道他一直在做这件微小又细腻的事情……

碰到一个有镜子的电梯，我说要在这儿拍张照，他在看手机，像是没听到我的话走出去了。我拍完之后看照片才发现，他出去后帮我扶着电梯门了。

他在书房待了很久，我过去敲门的时候，他总是说在忙。他在里面捣鼓了一下午，终于将书房的门打开了。他把手背在身后，过来说要送我一个礼物。接着，他就拿出一个歪歪扭扭的包包，说："送你。"

我一看就知道这个包是他自己做的，问他："为什么送我这个？"

他说："因为我看网上都说，收到这个包的女孩都很幸福，所以我也想让你幸福。"

有天晚上他先睡了，我在玩手机。过了一会儿，他转身过来抱住我，说："我好爱你，不要离开我好不好。"

听了他这么久的梦话，我总算听到一个和我有关的了。这说明他很爱我吧，我的心里美滋滋的。

第二天早上，我告诉他这个梦话，并说："你怎么还这么爱我呀？"他说那时他还没睡着，是故意说给我听的，想让我开心，因为我之前抱怨过他都没梦到过我……

我们暧昧的时候，他看过我拿着掉落的睫毛许愿或者是"吃飞机"许愿。因为习惯了，所以我的动作很快，拿起，闭眼，许愿，一气呵成。后来有一天，我在看电视，他急匆匆地跑过来，说："快！老婆，给你许愿。"我仔细一看，他手里有根睫毛，可能是洗脸的时候掉的，他马上就想到我了。

他看到飞机也会用胳膊肘撞撞我，说："飞机，快吃。"他只是在我们刚认识的时候看过一次我吃飞机，就很用心地记下了。

他的爱就是这样，很细腻，你能在生活的细节里找到他的爱。每个人的幸福感来源不同，在生活中发现这些点点滴滴的小幸福，也许就是我的幸福感的来源。我总是会聚焦到这些微小的事情上，感受着，很快乐。

有的男孩子也许很糙、很笨，但他们心细的时候，是真的很能打动人。

我还记得有一次我给学校的舞蹈队排练，那时是夏天，条件很艰苦，没有空调。只有两个大风扇在呼呼呼地吹。我进去的时候，所有人挤在风扇吹得着的位置，我坐在靠近门口的位置，让他们先去热身，准备开始排练。我突然感觉好大的风往我这儿吹，转头就看见一个男生把风扇往我这儿转了一点儿,但他还是跟别人在聊天。虽然那风大得把我的刘海儿都吹飞了,但我觉得,那个男孩子以后的女朋友一定很幸福,因为他会观察到别人没说出口的需要。

也许有一天,你也会遇到一个绅士,他会为你做很多细小的事情。希望到了那一天,你能发现、感受到并且珍惜他做的所有事情。

恋爱当中的仪式感

文／张张

我从不怀疑这世界上有一千万种爱情。平淡的、翻涌的、令人窒息的……都是爱情的种子散播在世界的千百种模样。

最真切、热烈的仪式感,永远是我们看着对方的眼睛说出的那句"我爱你"。

每年有很多节日,有些长假比如春节、国庆节,我和叮叮会回各自的家乡,陪伴家人,而相对短暂的假期我们就会在一起。

在这当中,端午节是我们俩约定的"家庭日"。

从2016年开始,我们就约好今后每年的端午节两个人都不工作、不回家、不旅游,找一家环境优良的酒店,就我们两个人待在一起,准备几本书、一些电影、一些吃的,两个人三天不出门,只享受二人时光。以后如果我们有了宝宝,就我们三个人在一起。

我们这么做的原因是，平常的周末或是节假日，我们总会有各种各样的出行、聚会计划。

我想，每年总是要有那么几天，应该只有我们两个人在一起，也许反思这一年，也许描绘下一年。于是，"家庭日"就这么诞生了。

总之，我们需要安静地相处才会更好，如果你也有喜欢的人，试试跟他安静地相处，不要被除了你们之外的事物影响，才能真正地了解彼此。

仪式感的另一个方向，就是给你们正在做的事情起名字。有了一个名字，这件事情就有了生命，你们对待它的态度也会变得不同。

如果是恋爱中的两个人一起做一件事，你们一起给这件事起了名字，这件事就成了只有你们俩知道的秘密，就像是两个人一起偷偷地养了只宠物，每当跟这只宠物有关的事发生，你们俩都会抬起头相视一笑。

PART 01 恋爱交换日记

爱是互相赞美

文/叮叮

我在黑夜里眨巴着眼睛，突然来了句："老公。"

他惊醒："嗯，怎么了？"

我说："我睡不着。"

"那我给你抓抓好不好？"他用他特有的温柔的沙沙的声音问道。

那一刻，我突然想到了以前。每次他很困，又被我吵醒的时候，他总是会非常暴躁。

有一次我们坐卧铺车回新疆，晚上，我想去上洗手间，但又不敢一个人去。于是，我把他叫醒，想让他陪我去，他不耐烦地说："天哪，你真的，我服了。"

那次之后，我就知道，他困的时候不能麻烦他，害怕也要忍着。

但现在，每次关灯之后，我翻来覆去睡不着时，他都会说，"我哄你睡觉好不好"，或者是"要玩把游戏吗？你想干吗我都陪你"，当我害怕去上洗手间的时候，他也会迷迷糊糊地爬起来，在门口等我。

晚上，我玩游戏一直过不了关，差点儿把我气哭了，他会说："老婆！你先睡，我帮你打，很快的。"说罢他便拿过我的手机，帮我通关，据说打到了凌晨三点。第二天早上起来时，我看到他手里握着手机睡着了。

现在的我更肆无忌惮。半夜我被他的梦话吵醒，于是我学他故意说梦话、蹬腿。结果他迷迷糊糊地用手压住我的脚，然后把我搂在怀里，说："你在干吗？小傻瓜。"我以前觉得"小傻瓜"只会出现在言情小说和偶像剧里，第一次听到有人把它说得这么温暖和舒服。

他总是跟我说"我为你改变了很多"，我不以为意。直到这件事情让我真真切切地感受到了他的变化。

我以前觉得他也不是不爱我，只是每个人睡着后被吵醒多多少少会不耐烦，但现在的他变得更温柔、更成熟，也更爱我了。我也会尽量在失眠的时候不去折腾他，自己安静地写写笔记，思考思考，这种互相的体谅和改变应该是很重要的吧？我刚发现的这个改变，可能连他自己都不知道。

当我把他的这个变化告诉他的时候，他很高兴，像是小朋友的努力被看到、被肯定。然后他说："我跟你说了嘛，我在改，在为你变好。你还不信，天哪，我也太爱你了。"我每次写小甜文夸他的时候，他总是很开心，还会更加努力地去变好。

一个辩论节目里有一期的主题是："键盘侠"是不是"侠"。

我很喜欢一个选手的论点。那个论点是这样的：当我们给他赋予一个正面的、很好的称号时，他会努力地向那边靠（与辩题无关，只是这个观点我很喜欢）。我觉得恋爱时也是一样的。

这个像是心理暗示。如果你一味地去贬低对方，说对方的不好，那他一定没办法好起来。当你经常给他表扬或者正向的称号时，他会努力地往那边靠。所以，我们都要多夸夸爱的人，不要吝啬赞美。

他经常对我说的一句话就是：你好可爱。哪怕那一天是搬了一天的家，我瘫在沙发上跷着脚，很邋遢，油光满面，他还是看着我，说道："你怎么这么可爱？"我的反应总是满头问号。但每当他说我很可爱的时候，好像我自己也觉得真的会变得很可爱。我在跷脚的时候，他说好可爱。我会马上收回脚，往他身上蹭。我生气的时候，抬头吼他，他也会突然来一句"你生气的时候也好可爱"，我的怒气一下就没了。

我正在写这篇文章的时候，他跟我说："你知道吗，全世界有七十亿人，每个人的视网膜都不一样，眼中的世界都会有细微的差别。我想我眼中的你，是全世界最可爱的。"

我摸摸我的嘴角，它正不自觉地上扬。我想，就是因为他一直对我说我很可爱，让我有种心理暗示：我最可爱。

你的另一半最经常对你说的话是什么？

爱一个人的时候，是很卑微的，觉得对方超好，自己不够好。我和他也是这样，互相觉得自己配不上对方，所以更需要对方的认可。

他在吵架的时候还会说："我觉得你可以找到更好的人，你跟别人在一起也能这么好。"我很无语，又很心疼。我想告诉他，在我的眼中他有多好、多温柔，因为他影响着我的状态。如果你觉得我好，那一定是因为你足够好，把我宠坏了。

他看到我写的这些之后，也许会很开心，然后加倍对我好。哈哈，这是一个良性的循环，但我说的都发自肺腑，不是瞎说的哦。我爱你。

除了哄你，别无他法

文 / 张张

我一直跟叮叮说，如果人的眼睛有像行车记录仪一样的仪器，就可以让我每天把跟你在一起的生活记录下来。

熟悉我们俩的人都知道，我们喜欢记录生活，喜欢拍一些好玩的视频（虽然有时候不太好玩），没想到的是，一个不那么美丽的意外，把我们推到了大家面前。

叮叮醉酒的那条微博被转发那么多次，真的是我们从没想象过的，晚上我跟叮叮走在下班路上，她说："张张，怎么办，全国人民都看到我的丑相了。"

我说："哈哈，没事，大家都很喜欢你。"

她说："那我还漂亮不？"

我说："漂亮！"

她就说："那你请我吃好吃的。"

我："……"

后来很多人让我发"醉酒实录2"，真的有，只不过那是一段录音。

那天晚上乃瑛送她回来，在出租车上全程录了音，然后偷偷发给了我。

录音没办法发出来，我也不会剪辑录音，叮叮又觉得她很丢人……

录音里面最精彩的两段是这样的：

叮叮说："师傅，你为什么停下来了？"

乃瑛说："红灯啦！"

叮叮说："红灯为什么要停下来？"

叮叮说："师傅啊，你看旁边的车停下来了，前面的车也停下来了，你怎么能跟他们一样止步不前呢？你要向前走啊！"

师傅："……"

乃瑛在旁边爆笑。

叮叮说："师傅！我们到了吗？"

师傅说："到了，县后BRT（快速公交系统）站。"（我们家附近的车站，我怕师傅找不到，就跟乃瑛说停在这里。）

叮叮说："师傅！你真的太厉害了！"

叮叮说："别的师傅都开不到BRT上面，只有你能开上来！"

师傅："……"

我很喜欢拍叮叮，之前叮叮过生日的时候，我给她做了一个生日的视频，就是把日常生活中我拍她的视频剪辑出来。在做这个视频的时候，我就想素材会不会不够，剪不出来，结果发现我手机里都是她各种时刻、各种样子的视频，一个短视频根本就不够放。

但即便如此，我还是觉得很遗憾，我没有像行车记录仪一样的机器，可以把她的每时每刻都记录下来，因为我真的太想跟全世界分享我的女朋友的可爱瞬间了。

说实话，她在生活中吸引我的时刻，比我喝水的频率还高，当然大多数时候我直接亲上去了，没时间录像……

那天晚上没亲是因为，她刚吐过……

叮叮是个很害羞的女孩，有一次我们一起去拍MV（音乐短片），在厦大拍的时候碰到了她的粉丝，当时我们刚下车，那个女孩路过，停下来对她说："你就是那个叮叮吧？"

叮叮甚至都没回复，而是直接转身跑到我身后躲着，像老鹰捉小鸡那种躲，我是老母鸡，可以说是害羞得没边儿了。

也有人在我们的微博里评论说，在学校碰到过我们很多次，感觉我们平常看起来很高冷，没想到这个视频里的叮叮这么可爱。

其实，我俩真的不是高冷，是害羞。

不过，作为一对情侣博主，我的存在感太低了。某天我和叮叮出去拍视频，有个小姐姐走过来说："哎，你是叮叮吧？请问我能跟你合个影吗？"

叮叮有些害羞，我替她说道："没事，可以呀。"

然后叮叮就走过去准备拍照，那个小姐姐转身对我说："哎，帅哥，你帮我俩拍个照吧。"

我："……"

我记得有一天是大暑，一年中最热的一天。

网上有一种说法是这样的：两个人能不能好好在一起，要看他们开空调的温度是否一致。

如果我喜欢开十八摄氏度，她喜欢开二十六摄氏度，那我俩在空调房里肯定是没办法好好相处的。

很巧的是，我和叮叮确实喜欢同样的温度——二十五摄氏度。

我俩都觉得二十六摄氏度太热，二十四摄氏度太冷，二十五摄氏度就是我俩感觉最舒适的温度。

每当在网上看到类似这种通过一件事情来评价两个人合不合适的说法，我俩总是会不约而同地代入到我们自己身上，说起来有点儿愚蠢，但也是情侣之间的通病吧？

比如，"情侣之间心照不宣的九个小秘密""做完这七件事，你们就可以结婚了"。

这种话题，我们总乐于挑战。如果碰到放在我们身上不适用的话题，我们就默契地当作没看见，或者给它强行解释一波，让它符合我们。

假如我们的星座不那么合，我们就研究我们的上升星座合不合，上升星座要是还不合，我们就研究我们的星盘合不合，就这么一直找到合的为止，反正俩人都能在一起了，总有一方面合吧？

这么玩久了,连我自己都觉得我们就是天作之合。

毕竟通过了那么多次默契考验,也不是随便拉一对情侣就能通过的吧?

不知道她是不是这样想的。

她敢说"不"的话,今天晚上的全身挠痒痒就没有了。

叮叮有一个视频栏目,她称它为《厨房与爱》,已经出到第八期了。(欢迎大家前往微博@丁钰琼观看。)

《厨房与爱》的主题是我们俩在厨房和家里的生活。

有的时候,她把相机放在那儿录,我都不知道,直到她把视频发出来我才看到。

《厨房与爱》每一期的视频,我都会看很多遍。

我也是看完视频才发现,原来我们默契的点那么多。

电视里如果响起某首我们都熟悉的歌,我们就会突然看向对方,然后一起跟着音乐瞎扭。

她假装生气的时候,我也能一下看出,下一秒就逗得她嘴角疯狂上扬。

她在楼下录视频,我在楼上喊话,她瞬间就能理解我的意思,然后接上我的"梗"。

太多太多了。

不知是不是因为我们越来越熟悉对方说话、聊天、讲笑话的模式,所以她说完上句,我的"梗"随口就来。

我说完"这顿饭是做给爸爸吃的吗",她秒速回我一个"滚"。

有些时候我甚至感觉她不是我女朋友,而是我最好的同性朋友。反正什么烂"梗",她都能咯咯咯地傻笑。

我心情低落的时候说"咱俩喝两杯吧",她比男生都爽快地陪我喝。

以前住学校的时候,我在寝室唱歌,有个室友总能迅速地接下一句。

现在换成了叮叮,她也会听我的歌单,然后接我的下一句。

这是一种很微妙的感觉,像是两个人在公共场合的通关密码,你接上我的歌,就是我的人了。

用方文山的歌词来说就是:"爱的甜味蔓延发酵,暧昧来得刚好。"

当你收到喜欢的人精心挑选的礼物,结果发现可能是假货的时候,你会怎么办?

有天晚上过了十二点之后,叮叮突然从厕所拿出来一个礼物。

"七夕快乐!"她笑着把礼物递给我。

我拿过来拆开包装,是一个粉色的篮球。颜色很漂亮,质感也还好,我很开心。

没想到她嘴上不说，还是偷偷给我准备了七夕礼物。

我说："这种浅粉色的篮球这么好看，只能拿来收藏，哪儿舍得拿出去打啊？"

她说："没关系，每次打完回来用刷子一刷就干净了。"

我还是舍不得，准备找个架子把球放在玻璃架上。

我很感动，因为我几周前顺嘴说想买个篮球，这样就可以没事打打球了。

她就记在了心上，这次还给我买了这么好看的一个球。

就是我有点儿不舍得打。

我问她这球多少钱，她说很难买，某宝上只有两家店有卖，一家一千七，一家七百，一千七的那家说这个颜色的球货不多，要从国外发，七夕到不了，她就买了七百那家的。

她说还按照我教她的看评价和评分，都是高的才买。

我一听，心里就有点儿凉凉，这个傻丫头，这些运动品店假货太多了，这么大的差价，要么是一千七的那家店胡乱报价，根本没打算卖，要么就是七百这家卖的是假货。

我就让她把店铺给我看看，果然，这家店只有个位数的粉丝、一颗心。

我已经确认这个球是假货了，其实便宜的东西买到假的当礼物送了，我可能就装作不知道，但是七百块钱能买好多东西，我实在咽不下这口气，也不想我叮傻傻被骗。

于是我组织了下语言，说道："宝贝啊……这个球还能退吗？我感觉挺贵的。要不咱们退了吧，这么贵的球，我也不舍得打啊，咱们换一个结实、便宜的好不好？"

她一边说好吧好吧，一边开始操作退款。

我抬头看她的眼睛，发现她的眼睛已经红得像兔子的眼睛，眼泪马上就忍不住了。

瞬间我就有点儿心碎，抱着她跟她说别哭。

我理解她的心意，只是不希望她这么一片真心，却被卖假货的骗了。

"明天我们去逛街，你再补给我一个礼物就好啦。"

她哭着点点头，还是觉得很委屈，说自己准备了这么久，居然是个假球。

唉……我的小傻瓜。

好在店主还算有人性，同意了我们退货，她也就放下心来。

第二天早上，她把球退了，出去逛商场给我买了瓶香水。

路过她喜欢的单鞋店时，她试了双鞋，我觉得很好看，就自作主张给她买下了。

她嘴上说不要不要，嘴角却疯狂上扬。

后来我们去吃了她一直心心念念的蟹宝宝，心满意足地过了七夕。

有天晚上，好朋友从香港回来，我们一起吃串串。

朋友说我吃着吃着会突然看向叮叮几秒。

我自己却没感觉到，仔细一想又好像我确实会这么做。

我想，是因为……我要确认她的眼神。

我每次和朋友或者同事出去玩，若带着叮叮，我肯定会比较多地和同事、朋友说话，但是我又会担心她有没有觉得被冷落。

所以，每当我们一起在外面或在别的场合，我就会每隔一段时间停下来看看她。

等到她转头看我的时候，那一瞬间的眼神就能看出她当下的心情。

确实很管用，如果她看着我时眼神中带着笑，那情况就很好。

如果她转过来看我一眼后眼神迅速移开，那就说明她已经有点儿不高兴了，只是在外面给我面子，不会生气。

这时候我就要注意点儿自己的言行了，再跟她多一些互动，她才会好起来。

我以前没有注意到我会这样，也是这次朋友的提醒，我才感受到，这种生活中的细节确实有用。

毕竟两个人相处也不是一朝一夕，算是细节型恋爱了。

我一直觉得叮叮有个很厉害的本事——每次我们要分开或者她要独自做什么的时候，她一定会跟我撒娇，跟我说她一个人不行，我就会很担心，走的时候会对她仔细叮嘱各种注意事项。

结果她一个人的时候过得比我在的时候还精致。

有一次我先回家，她自己在厦门住了几天才回家，每天自己点生鲜水果，去超市买小零食，然后开着空调跷着脚看剧，还给我发照片。

要知道，我在的时候这些事都是我来做的，她只负责跷脚。

虽然我有时候了解她的套路，但就是受不了她撒娇："张张，帮我晾下衣服好不好？"

她一撒娇，我就投降了。

我们每次异地恋的时间都不长，但耐不住两个人离得太远，夏天的时候，我这边晚上九点钟天都没黑，她在家里已经要睡觉了。

我跟她说，我们那里的夏天晚上十点半天才黑，她不信。

直到跟我去了新疆，我们每天晚上十点才出门，她终于相信了我。

冬天的时候，我在家里开着暖气穿着短袖，她在家穿着大棉袄还是冷。

我说："家里能不能开空调？"

她说："开了也没用。"

我也不相信。

直到今年冬天，我第一次在南方待到二月份才回家，每天在出租屋里冻得打哆嗦，空调开一晚上还是暖不了。

早上起来别说穿衣搭配了，钻出被窝都是一种挑战，出门是拿起什么穿什么，实在冷得不行了就在阳台上暖和暖和，比家里舒服点儿……

很奇妙的一点是，开微信共享实时位置的时候，把地图拉到最小，我们也没办法出现在一个屏幕里。

但出生地相距这么远的两个人，在一起能这么合拍，每天说说笑笑像是从小就生活在一起，可能是真的缘分到了吧！

我听说过一句话,"在爱情面前,距离根本不是问题"。以前我觉得这句话很离谱,中国这么大,住在两个相邻城市的人,可能说的都是对方听不懂的方言,距离当然是问题,更别说除了两个人家庭的差异了。

但真的碰到叮叮的时候,我又觉得这句话很有道理。

在爱情面前,距离异常渺小,渺小到我们根本感受不到它的存在,只有在打开地图,打开实时位置的时候,我们才反应过来,哦,原来我们离得这么远。

可是,我们的心一直在一起呀!

我在微博写过一段话"为什么人会一直对另一个人好呢"。

我觉得是因为你感受到了对方的反馈,就比如说叮叮心情不好的时候,我说:"不如咱们去吃你说想了很久的烧烤?"

她整个人就会唰地明亮起来,搂着我的胳膊说:"太好了!张张,你最好啦!"

我就会特别开心。

有很多人会喜欢小孩子,因为不管你送给小孩子糖果,还是带他去吃大餐,他都会给你很大的反馈。

也许他会激动地亲亲你的脸,也许他会大喊着蹦到你身上,开心起来连走路都一蹦一跳的,他们不自觉地就会让你感到愉悦。

叮叮就是这样，总在不知不觉中就让我感觉幸福。

所以我很喜欢对她好，她让我觉得我有了价值；让我觉得我不是一个人生存在异乡；让我的世界都变得明亮。

好巧不巧，我有个朋友这几天分手了。

他说他分手的一部分原因，就是接收不到女朋友的任何正向反馈。

我非常了解他，他细心、善良，对女朋友好到爆。

认真比较的话，他对女朋友好的程度是我对叮叮好的程度的几倍吧？

他们不在同一座城市的时候，女朋友生病，他在外卖平台点好吃的和药，给女朋友送到房间门口。

我去他家住的时候，他晚上跟女朋友视频两个小时，直接把我晾在一边。

如果女朋友生气，他会停止手头的一切事情，哄到女朋友消气为止。

他确实对女朋友好，谈恋爱的时候，女朋友就是他的全世界。

可是他分手也是因为女朋友是他的全世界。

怎么说呢，这样惯着一个人，最后受不了的一定是自己。因为对方根本就不会给你反馈，当你一次又一次为了她放弃自己的尊严、底线，为她考虑好一切，她还会在乎你吗？

所以，感情的事情虽然有时候是一厢情愿，但更多的时候还是相互的。

我很喜欢你，我愿意对你好、为你付出，那是因为我也想要你用同样的方式来对待我，而不是要你觉得我就应该为你付出一切而不求回报。

我跟叮叮也一直在平等地相处，这样我们才能一路磕磕绊绊地走到现在。

我会用我的方式对她好，她也会给我相应的温柔回报，这让我觉得我的付出是值得的。

而不是我一味地把我的喜欢全塞给她，我也可以做到每分每秒都对她好，但我不会。

因为如果我这么做，我相信她也会这么对我，那我俩得多累啊。大家相敬如宾多好！

这种感觉跟 AA 制有点儿相似。

我俩去看电影时，我买了电影票，她就会买爆米花和饮料。也许电影票和爆米花、饮料的价值不一样，但我得到了跟我的付出所对应的回报，我就会觉得舒服，她也不会觉得亏欠我。

我们俩直到现在，还是这样的相处模式，因为这样谁都不累。

任何人一直单方面地付出，最终都受不了。如果有一个一直为你付出的人，你喜欢他，就给他同样的回报；你不喜欢他，就早点儿让人家放手吧。

再说回我那个朋友，他说分手之后遇到了一个比他年长几岁的女孩，相处下来感觉遇到了真爱。

他的一点点付出对方都看在了眼里，并且给了他从没体验过的回报，这让他觉得很幸福。

我有种朋友终于遇到对的人的欣慰感。

希望你也能碰到一个能带给你正向反馈的人，两个人互相喜欢，然后白头到老！

有天晚上叮叮去洗澡后，我寻思着下楼买瓶水，就自己下去了。

走到便利店，我给她发消息，问她要不要带什么，她没回，我就买了自己喝的茶。

我想着，现在是晚上了，喝杯牛奶能助眠，就给她买了瓶牛奶。

因为她来例假了，不能喝凉的，我就拿的常温的牛奶。

又因为她这次例假来势汹汹，血崩了一整天，我怕她低血糖，就顺手拿了块巧克力。我刚打开家门，就收到了她发来的微信："牛奶和巧克力"。

叮叮最近生病了，来例假的最后几天鼻炎发作，然后胃痛、头晕，这几天一直状态很不好。

我就让她去医院，她不去，说前段时间才去看过胃病，刚巧她朋友认识一位中医，就让她去把把脉。

中医把完脉跟她说："火气太旺，是性格使然。"

就是说，她很愿意去操心每一件事，然后每天就有很多烦心事。这些烦心事在她心里憋成了一股气，这股气就是她身体不舒服的原因。

我觉得还挺有道理，且不说她的身体怎么样，这些细碎的烦心事确确实实对她造成了困扰。

为什么我会知道？

因为她总是睡不着，就算晚上她闭着眼睛，我也能感觉到她醒着。

她总是翻来覆去，也不说话，也不看手机，可能在想这样那样的生活琐事。

每当我发现她这样的时候，我就想帮帮她，给她挠挠痒，或者轻柔地拍她，帮她入睡。但有些时候我也发现不了，就那么自己睡着了。

第二天早上起来，她告诉我她昨晚失眠了，我就会很内疚。

那天她写文章，说我最近有改变，说她睡不着的时候我不会再对她不耐烦。

唉，我怎么舍得对你不耐烦呢？

感情到了真正懂彼此的时候，不就是互相了解、互相温暖吗？

你失眠的时候，就算我睡着了，只要你轻轻拍拍我，我就可以立刻起来，"吃鸡"也行，聊天也行，下楼散步也行，点份烧烤、卤味都行。

这不是麻烦我，因为我心里清楚地知道，如果有一天我失眠了，我拍拍你的肩膀，你也会转身对我说："'吃鸡'还是烧烤？"

所以，叮叮啊，我特别特别想跟你说"你且放宽心。所有的事情你都可以交给我，有我在呢"。

今天也是爱你的张张。

一年有四季，我有你

文／叮叮

想摸你后脑勺的短发，想对着你的脖子哈气咯咯咯地笑，想闻你身上干净又熟悉的味道，想看着阳光从你的鼻尖漏到我的脸上，想放个连环屁能把你熏倒晕倒，想你用有着淡淡烟味的手捏我的脸蛋，想聊到好吃的时候就能说"走，我们去吃"，想梦见你的时候醒来就能见你，想吵架的时候一巴掌能甩到你脸上，想我的小拳头能真的捶到你的小胸口。哎，快过去吧，该死的异地恋。

某天吃晚饭的时候，张张突然说自己有一种很奇怪的感觉。

他说："我觉得我就算一事无成，也不害怕。因为你在我身边，所以我做什么都可以。"

我说:"那是不是你现在太安逸了,所以都不想努力了?"
他说:"哎呀,我是说就算失败也不会害怕!因为有你在。"

这就是传说中的有了铠甲?

我某一次快生理期时,心情莫名变差,然后就超级想剪短发。但是那时候很晚了,理发店已经关门了。

洗完澡,我对张张说:"张张,过来帮我剪头发。"
张张说:"什么!?"
我说:"嗯,心情不好。"
张张说:"剪完心情就能好吗?"
我说:"嗯。"
然后他帮我剪了……
虽然他剪得坑坑洼洼的,但是我心情大好!

第二天……
冲动是魔鬼,我哭着去理发店修了一下。

我说:"我短发好看,还是长发好看?"
张张说:"长发。"

我说:"那你还帮我剪?"
张张说:"什么都没有你开心重要。"

张张在我家的时候,早上我们一般都会睡到十一点才起来,按平时来说我爸妈九点就会来叫我起床,张张来了他们就不会过来叫。

有时候我觉得我爸妈很可爱。张张第一次来的时候,我们晚上说出去散个步,然后偷偷买奶茶。
我爸妈过了一会儿就跟了过来,说要一起散步。

后来张张又来了很多次,他来之后,我们睡在三楼。
妈妈在三楼的阳台处洗衣服,老爸在阳台晒衣服,丁丁在阳台做作业,好像离我们近一点儿他们就很开心。

张张第二次来我家的时候,早上见到我奶奶,马上说"阿婆好"。
我奶奶说:"你叫'奶奶',我也能听懂的,没事。"
她说听他说"阿婆好",觉得他说得很累。

我们有一天早饭吃的是桂圆糖水蛋。
张张不喜欢吃甜的,但是我妈说这个滋补,特别好,张张微笑着接过开始喝,真的很好笑。

我看到桌上还有一碗,就边说边把那碗推过去,对张张说:"哎?你还要喝啊?"

我妈听到后超开心,马上对张张说:"这一碗你也喝掉。"

张张马上说:"不是不是。"

我在旁边真的快笑死了。

有时候语言不通也是蛮有趣的。

我们一直在聊新疆那边是怎么样的,跟我们这里有什么不一样,然后也告诉张张,我们这边有什么风俗习惯。

虽然我爸说话时操着象山普通话,张张不全懂,但他们竟然聊得很开心!

我说:"为什么你说什么都这么好笑?哈哈哈……"

他说:"你知道吗,如果是普通的朋友说一个很好笑的笑话,你只会觉得这个笑话很好笑,但如果是你喜欢的人说的,你会觉得这个人很好笑。"

我说:"那我也太爱你了吧?"

女生觉得一个男生做什么都很好笑的时候,很可能就是爱上他了;男生觉得一个女生做什么都很可爱的时候,一定是很爱她!

某一天的早上，他白了我一眼，然后转身背对着我。

我惊醒，把他翻过来，问："怎么啦？"

他说："你抛弃我了，跟别的男人好了，我刚才在和那个男的打架呢。"

我说："我怎么跟别人好了，还被你发现了？"

他说："发现你跟他的聊天记录了！"

说完，他就又抱着我睡着了。

又一天的早上。

他哼哼唧唧了两声，然后撇嘴："呜……都是假的。"

我说："嗯？"

他说："你说'都是假的'。"

我说："什么？我为啥说'都是假的'？"

他说："你就说了这四个字！"

说罢，他又睡着了。

他可能每晚梦里都要失去我一次，然后醒来发现我还在，就每天可喜欢我了，哈哈哈……

也许这就是保持新鲜感的秘诀吧。

有一次，我爸妈乘坐的飞机在乌鲁木齐延误了四个小时，凌晨三点他们才回到杭州。

张张很自责，我说："没事，已经约了车去接。"

说完我就睡着了，因为实在太困了。

凌晨三点。

我迷迷糊糊地听到张张在给司机打电话："师傅，那麻烦你多等一会儿吧，这是我帮我爸妈叫的车。"

过了一会儿，可能到四点了。

我挣扎着起来，想知道父母有没有到家。

他把我一摁，说："阿姨跟我说到家了，你继续睡吧。"

唉……叮叮何德何能呀？

一年中有那么多的节日，有那么多的礼物要送，选礼物也很累。既然我们都老夫老妻了，就不用在意这些了吧？

仪式感其实只是一个心意、一个动作。

哪怕你只是在小卖部买了一块五毛钱的巧克力，也能甜到我。

那天和平常一样，可能因为平时太甜了，我反而不在意那天是不是七夕了。

他在我包里塞了一个小礼物，我发现的时候，他跟我说了句"七夕快乐"。

这种小小的举动就是我爱的仪式感！

日常小甜剧

文 / 张张

我以前上班的时候,每天早上九点上班,八点十五分在我要上车的地方会有一班空驶的公交车,所以我每天都坐同一班车。

我八点四十五分下车,走下楼梯就是一家本地著名的包子铺,每天我都会买同样的早餐。

从包子铺过一条马路就是公司的大厦,所幸的是这条马路红灯很长,绿灯很短,我正好在斑马线前抽一支烟,八点五十五分到公司打卡,日日如此。

有一段时间,叮叮每天早上也跟我一起上班,我们俩上班的地方在同一个方向,她坐五站,我坐十五站,她每天却非要跟我一起八点出门,说要到公司那边吃早餐,却总是只买一包奥利奥。

我知道,她就是想跟我多待一会儿。我俩每次上车只坐一个座位,她下车之前,我就站在她旁边,低头跟她说话。

这班空车从我上车那站开始，两站之内就会被塞满，所以我每天都在担心，等下叮叮要怎么下车，这么多人，她不容易下去吧，我要帮她挤出点儿位置来。

她还有一站就要下车的时候，我就让她站起来，对她说"准备下车了"，她总是不以为意，等车上广播开始播到站的时候才愿意起身，我会帮她请身边的人让一让，往里面走一点儿，如果车外面的人使劲儿往里挤，我就会很着急地喊："先下车！后上车！"尽量让自己的声音听起来凶狠一点儿，然后看着她下车、离开人群，我才能安心地坐下。

能找到一个让你享受每一天的人，日子就会变得有滋有味。

我俩有次一大早去泉州参加好朋友的婚礼。

晚上到家，进门之后，叮叮说："你看！走之前我把总闸关了！这样就不会有安全隐患了！我聪明吧？"

我说："……你把总闸关了……冰箱呢？"

她："……"

我真是……

工作了一整天回到家，虽然没什么体力活儿，但还是让人觉得很累。

叮叮说想吃油焖大虾和红烧海带。

我说:"我有点儿累,你自己做好吗?"
她满口答应。

买完菜回到家,我坐在沙发上睡着了,叮叮突然喊我:"张张,我把菜都备好了,你来炒好不好?"

我也不知道哪儿来的动力,一下就醒了,让她先去洗澡,等她洗完,饭就做好了。

她说:"油焖大虾太好吃了,非常入味。"
我微微一笑,深藏功与名。
吃完,她说:"谢谢老公!"
哎,我感觉又充满了电。

小时候,我最喜欢周末睡午觉,从中午睡到晚餐时间。
我起来的时候,厨房里已经有我妈在切菜做饭的声音。
夕阳下,她的背影看起来特别温暖。
现在我还是喜欢周末睡午觉,只是变成了和叮叮一起睡。
起来之后,我们一起打开早上从超市买回来的菜,研究一个新菜式,同样很温暖。

我想时时刻刻抓住那些细碎的美好:
比如点咖啡时她记得我要少冰无糖;

比如看动画片时她噘着嘴说自己也想像个仙女；

比如给她拍照的时候她穿着白裙子，让她原地转个圈，她就跳起了舞，裙子随风飘荡。

这些短暂得不能再短暂的瞬间，才让生活有了点儿温度。

有天晚上我们吵架了，吵完开始冷战。

我在沙发上躺着，偷瞄一眼看她是准备去洗澡，谁也没说话。

结果她刚上去，又噔噔噔地跑下来。

她说："厕所的灯是亮着的……"

我说："所以呢？"

她说："我错了嘛！我怕！"

唉，我俩每次吵架酝酿好的凶狠气氛就是这样被破坏的，也说不上谁给谁台阶下，反正见着台阶就下呗。

自从她送了我游戏机后，我每天晚上就在研究各种游戏，想先从 GTA（欧美主机游戏大作，开放式游戏）开始玩。

她不喜欢，说："你玩那种开车打架的游戏我又不懂，只能在旁边干坐着。"

后来我就看各种攻略，找游戏里比较不一样的玩法。

我告诉她:"这款游戏你可以把它当模拟人生来玩,你可以自己开辆 mini 或者 smart,去游乐场坐摩天轮;也可以去海边骑自行车,开沙滩摩托;甚至你去打打网球,坐坐缆车也行啊。就当帮我探索地图了,完全不用去做任务啊,打钱啊,这些交给我。游戏里赚了钱,就给你拿去挥霍,怎么样,不错吧?"

她答应了。

好嘛,结果她拿着我的钱去游戏里的脱衣舞俱乐部看别人跳舞,还说如果她不在的话,我自己不能去。

有一天晚上,叮叮和我躺在床上,我突然开口:"叮,你知道吗,你真的很好。"

"有多好?"她转过来面对着我问道。

我说:"嗯……就一般般好吧。"

"喊,相当于没说。"说罢,她又面向天花板。

我说:"如果说每个人都是一张拼图,那我和你就是两块完全契合的拼图,多一块不行,少一块也不行。"

她说:"屁,每一盒拼图都有一千块呢,哪儿有两块拼图就契合的?"

我说:"假设我这个人是九百九十九块拼图,你就是最后那一块。"

她说:"哼,原来我在你身体里只占一千分之一啊。"

我说:"不不不,你是最重要的那一块拼图,有了你,我才变得完整。"

她捶了我一拳之后就睡了。

那天，我和叮叮还有我妈逛街。

我说："妈，叮叮给我过生日过得这么好，我都不知道怎么回报她了……"

我妈说："就是啊，人家叮叮对你这么上心，你回去后好好赚钱，没事给人家送点儿奢侈品啊，包包什么的才行。"

"哎，老妈，你这不是给她一把尚方宝剑吗？等我俩回厦门逛街的时候，叮叮说：'张子凡，你妈让你给我买奢侈品，你就说你买不买吧！'你这不是坑你亲儿子吗？"

哈哈哈哈哈哈。

我妈和叮叮笑成一团。（我妈也并没有收回她的尚方宝剑……）

有天晚上我躺在沙发上看电视，我妈拿着一个美容仪过来，问我："这美容仪该怎么用，别人送给我的。"

我说："这你真碰到行家了，我们叮叮可是专业的时尚美妆博主。"

我就把叮叮喊过来，让她教我妈怎么用美容仪，这下两人可算是找到话题了。

接下来的几天，叮叮给我妈推荐适合她用的面膜，我妈给叮叮煮鲜牛奶加蜂蜜，两个不同时代的女性在护肤这件事上有着一致的话题。

而我，变成了局外人。

叮叮和我妈的关系变好之后，我还没习惯这种转变时，有一天我忘了因为啥事，跟叮叮吵得很激烈，没说两句，叮叮突然转头对我妈说："阿姨你看，张子凡平常就是这样凶我的！"

我："……"

我妈说："张子凡，你怎么回事？道歉！"

我说："对不起……"

叮叮说："……"

有一次出差，我是早上六点半的飞机，她是早上八点的动车。因为动车站比机场远很多，所以我们提前商量好一起出门。

我们一起打了车，她去闺密家（俩人一起坐动车），我去机场，其实这次我们分开的时间并不长，也就是十天左右。

我们俩都没有太在意，觉得很快就能见面了，日子就跟平常一样过。

一直到要分开的时候——凌晨五点，我们在楼下叫车，一直没有人接单。

出租车师傅也都说要交班了，拉不了客。

我有点儿急，离我的航班起飞只有一个多小时了，我又不可能这个点把她放在路边，幸好用另一个软件叫到了车。

师傅恰巧离我们很近，我们过个马路的工夫车就到了，我帮她把箱子放到后备厢，她拉开车门准备上车。

我感觉有点儿仓促，就把她拉住，想抱抱她。
我们都穿着厚厚的羽绒服，像两团棉花碰撞了一下。

我说："千万注意安全，到了跟我说一声。"
她说："我知道啦！"

说罢，她就走了。
我鼻子稍微酸了一下，发微信问她："去她家有早餐吃吗？"
"有啊，她说准备了虾饺、豆浆、荷包蛋、流沙包！我已经期待一晚上了！"
我："……"
这种时候难道不应该回"我也想你了"吗？

我前两天看了个综艺节目，里面有位妻子非常爱自己的老公，说相比于朋友、闺密，更喜欢和自己的老公在一起。

叮叮说她也是这样，更多的时候还是愿意跟我在一起，每天一起吃饭、看电影就很幸福，偶尔见下朋友们就够了。

最近，我俩又喜欢上了一个游戏，两个人一起研究游戏攻略，玩到游戏提示我们今天玩太久了，收不到金币了才停手。

我们俩达成共识的一件事是：这个世界上最让我们感到舒服、惬意的事情，就是待在彼此的身边。

所以休息时，我们就哪儿也不去，只待在对方身边。

生活就这样一点儿一点儿地缓缓向前，平淡如水，又平凡安心。

电视里在放球赛。
洗衣机在洗衣服。
电饭煲里快煮熟的米饭香味渐浓。

落日散发出一点点光。
天空是粉色的。

新买的椰子上插着两根吸管。
你笑着看我做饭。

我一直以为人不喝酒就不会醉。
我错了。

有一次，叮叮说她是跟哥哥带着弟弟一起来接我的，要我整理整理发型。

我下飞机的时候，行李出来得很快，就赶紧找了个洗手间整理了一下。

我拿着东西出来，远远地就看到他们，没看到叮叮，走上去和哥哥、弟弟打了招呼，问："叮叮呢？"

他们答："去上厕所了。"

哈哈，叮叮还真是就没有关键时刻不上厕所的。

哥哥说弟弟为了迎接我，专门画了幅接机牌，弟弟很害羞，没说什么，直接递到了我手上。

我拿来一看，上面用很可爱的笔迹写着"张子凡哥哥"。

唉，竟然没有写"张子凡姐夫"，我有点儿失落。

这时候，叮叮才从厕所匆匆赶来，感觉她想过来抱我，我也想抱她，但当着哥哥、弟弟的面，我俩都没好意思。

我有次买了件冲锋衣，她之后也买了件冲锋衣，虽然不是同一个牌子、同一个款式，但就是莫名地很像。

我俩有天很默契地穿着相似的冲锋衣，相似的羽绒服。

刚到叮叮家，姐姐就说："哇，你俩这是情侣装呀，不错嘛。"

我俩相视一笑，谁也不承认是故意穿成一样的。

对了,她还穿着我送她的羊毛袜,应该很暖和。

我以前有个习惯——每天睡觉之前,闭上眼睛之后,会开始想明天有什么值得我高兴的事。

明天下午的两节物理课换成体育课了!高兴!睡!
明天,全年级的学生一起去看电影,上午不用上课!高兴!睡!
明天,喜欢的女生……(这个不能写)。
如果第二天实在没有开心的事,那我就想想当我上大学以后、当我独自生活之后的开心事。
每次我都能如愿入睡。

我是想说,那时候的我每天靠即将发生或者有可能发生的美好的事而入睡。
我这个习惯一直保持了很多年。

后来,我是说和叮叮在一起之后,我就没有这个习惯了。
我变得越来越注重当下。

我睡之前会看着她的脸,想着明天又是可以和她一起度过的一天。
嗯,很舒服,睡了。

我每天早上都会点一杯美式咖啡,她喝不了苦的,我就给她点一杯热牛奶。

她很懒,很爱睡觉,以前都是我叫她起床,后来她说要开始养生,每天早起给我做三明治,我觉得她很可爱。

她认认真真给我做了一次三明治之后就累了,简单的三明治也要切火腿肠、煎火腿肠、煎蛋、切面包,特别是最后还要洗锅。

于是,她改成前一天晚上做,第二天早上直接就可以吃。
可那晚她做好了三明治,不知道从哪儿听说不能吃隔夜的熟鸡蛋,第二天的三明治就都塞给我吃了。

之前,我们一人养了一盆芦荟。因为我们不懂方法,又懒,没几天她那盆就枯了,她说是我的那盆芦荟吸了她的芦荟的精华,于是她又去超市门口的花店买了新的植物。

这次她问好了该怎么养,还养在离我的芦荟很远的窗台。
可后来朋友来家里聚会的时候,说她的植物是打过农药的品种,活不久。
果然,没几天那盆植物就变了颜色。她说都怪那个朋友说,如果他不说,也许它还能多活几天。

我们跟朋友打麻将的时候,她不知道从哪里拿出一朵小花,说是她的幸运星,玩着玩着花不知道掉到哪里去了,她也确实手气有点儿不好。

于是,她气鼓鼓地说:"我就说嘛。我的幸运星不见了,怪不得手气不好呢!"

我在旁边笑笑不说话。

我总是在很奇怪的点发现她的可爱之处。

她说我每天都在夸她可爱,情话说得一天比一天顺口。

唉,我要是忍得住,肯定不夸。

张张的 2018 年年度总结

文 / 张张

这一年里,你一共和叮叮相处了三百五十个日夜,除了过年回家,你们每天都在一起。

这一年里,你一共说了一千九百二十四次"我爱你"(有记录的)。

你热衷于每天拍视频记录生活,你们的微博里藏着许多关于你们生活的回忆。

丁钰琼是你的年度恋爱对象。

你在微博正文里@她表白了一百一十七次,评论里@她给你买衣服四百三十五次,在别人的微博里@她给你买鞋一千八百九十五次。

2018 年 1 月 15 日大概是很特别的一天。

这一天,你在微博里看自己发布的《女友醉酒实录》四十九遍,想必你一定很想再让她醉一次。

这一年,你有二百七十六天在零点后还在浏览丁钰琼的微博,想必每个深夜,她都是你最好的依靠。

在爱情的世界,你们能遇见彼此真好!

"时间过得太快了",每年年底我都会感叹这么一句。

2018年是我和叮叮毕业之后真正意义上在一起的第一年。我年初的时候还在想,今年会是怎样的一年,我们还能不能顺顺利利地走下去。

然而,一眨眼一年就过去了。

这一年,我们一起去了很多地方,一起遇见了很多人。
我们一起欢笑,一起流泪,一起成长。

我们一起认真地做每一个选择,五月的时候,叮叮因为灰尘过敏,脸上一片红肿。我们一晚上就做了决定要搬家,后面两天把附近所有的可选房间都看完,第三天就定下了新家。

八月的时候,我们一起跑了十几家4S店,两天之内就确定我们要的是Jack,到现在也没有后悔。

两个急性子的人，一起坐下来讨论一些事情，然后一起迅速决定，这种感觉真的很美妙。

我也相信在之后的几十年，我们都会这样，认真地做每一个决定，认真地过每一天。

其实刚跟叮叮在一起的时候，我是个很懒的人，我不喜欢一切烦琐的事务，也不喜欢惊喜。

后来因为叮叮对仪式感的看重，逐渐感染了我，现在我能和她花一天的时间做一盘新疆烤包子；能在搬家之后特地准备一瓶雪碧或养乐多，庆祝乔迁之喜；还能花一个月的时间为她准备蛋糕、礼物、生日惊喜。

这些都是我以前想都不会想，也绝对不会去做的。

但现在，我不但会做，还很喜欢。

当你喜欢的人因为你为她做的准备而感动、落泪的时候，当你认真对待生活，生活变得更精致、美好的时候，你会获得一种满足感，你会切切实实地体会到生活的美好。

这一年，我也一直在反省。

每一次和叮叮吵架之后，她告诉我她的难过和不安之后，我都会一条一条地刻在脑子里，提醒自己不要再犯同样的错。

过去我们吵架的时候，我总是拒绝道歉的，总想着大不了分手呗，道歉是不可能的。

但随着吵架变得越来越频繁，我发现其实女孩子要得很简单——态度。

发现这一点之后，我做了一件事——吵架之后先道歉。

现在每次要开始吵架的时候，我都会先问她原因，然后直接道歉。不管我觉得我错还是对，我都选择先道歉。

这样在大多数情况下，她还没开始生气，气就差不多消了。

她消气之后，我再心平气和地跟她说我觉得对的道理，这样真的事半功倍，她也更容易接受。

"不要尝试跟一个正在气头上的女人讲道理，这相当于慢性自杀。"——老张

好了好了，回到正题，这是一篇年终总结文。

这一年，我也终于见到了叮叮的爸妈，原来也没有想象中那么尴尬和复杂。

这一年，我们一起见证了好朋友的婚礼，做了伴郎、伴娘，也成了别人的干爸、干妈。

这一年，我们认识了你们，也倾听了很多关于你们的故事。

我一直觉得，如果我们认真地对待生活和感情，能多鼓励一个人跟我们一样，把每一天都过得细致、开心，那我们做的这一切就充满了意义！

最后，不得不说 2018 年是充实和幸福的一年。

我希望 2019 年也依然如此：我们身边有彼此，我们身边有你们！

爱多到溢出来

文／叮叮

我和张张有二十五厘米的身高差，每次一起散步，我一定会沿着台阶走，因为转头就能看到他。在电动扶梯上，我最喜欢站得比他高一层，那样我们就能鼻子碰鼻子，每次一上电梯我就歪着头靠着他，有时候我俩会上下好几趟。他知道我懒，所以他总是牵着我走台阶。在没有台阶的时候，我会仰着脑袋，还踮脚，他会靠过来轻轻说一句"不要踮脚"，然后自己低头、弯腰。

在一个很美的傍晚，天边有一片火烧云。我们走在学校围墙外的一条好长好长的路上。我在台阶上走，他在台阶下走。

突然来了一阵风，张张问我："你干吗闭眼？"

我说："风眯眼睛了。"我转头发现他没挡眼睛，问他："你干吗不闭眼？"

他说："我不想错过你的每一个样子。跟你在一起之后，我没中过一次彩票，抽鞋也从来都抽不到。可能我的好运气都用在遇见你上面了。"

我说:"不好吗?"

他说:"很棒,很开心。"

我说:"那你要好好珍惜我,你的好运气都在我这儿呢。"

他说:"对,这辈子不能离开我的好运气。"

那天我在看剧,他在工作室做自己的事。他出来上厕所,经过我身边,俯下身吻了吻我的额头,说:"老婆,你这温柔乡真的太烦人了。我要是每天能克制住不亲你,能节省出好多时间来呢!"

我不喜欢和张张十指相扣。因为我的手太小,他的手太大,我的手要去卡住他的手,指头总会被撑开。我喜欢握拳,他的手能把我的整个拳头包住。

不知道从哪天开始,他看到我的拳头,会像看到小动物的爪子一样,抓着我的拳头说:"哇,太小了,太可爱了。"然后他就要咬我的拳头,说能塞到他的嘴里。每次看到我握拳,他都要拿起来往嘴里送。难道这就是传说中的"喜欢到想咬你"?

在这场恋爱里,我时时刻刻感受着被爱。他总是把爱挂在嘴边,我以前觉得"爱"是个贬义词,但跟他在一起之后,我发现表达爱意真的是很重要。不将心中的爱意表达出来,就像走玻璃栈道,你明明知道这是安全的,却还是不敢走。所以,你不但要爱我,你还得表现出来。

跟张张在一起时,我总是莫名其妙地手滑摔东西。有一天我摔了两次自拍架、两次手机,还撒了吃的在衣服上,到了晚上,我手又一抖,把咖啡洒在了桌布上……

我瞬间哇的一下哭出来,怕自己有问题,脑子控制不住四肢。

张张前一秒说我怎么一天到晚撒东西，后一秒看到我的眼泪就慌了，赶紧把哭唧唧的我抱住，说："你又想用哭来解决是吧？"我说："我没有，我只是觉得自己是不是哪里有问题，控制不住自己……要不要去医院看一下……"我越说越伤心。

他先是笑了，紧接着又突然很严肃，表情凝重地跟我说："我就是不喜欢你每天这样笨手笨脚的，要是我不在，你怎么办？"我以为他又要开始唠叨，让我做事时专注一些之类的。没想到他说："我不想我不在的时候，你出什么状况，然后被别人看到你笨手笨脚的样子。我怕别人会喜欢上你。"

突如其来的情话最致命。

还有，我印象很深的一次生病，那时正值夏季。

那天下午我吹了空调就觉得有点儿不舒服，晚上和他昏昏沉沉地去看了舞剧《朱鹮》。回来之后，他拉着我去诊所量了下体温，三十九摄氏度还多，把他吓了一跳。

我在诊所就吃了退烧药，然后马上回家。他把空调关了，把我包在被子里不让我动。厦门的夏天本来就热，身上紧紧地裹着被子，我瞬间就开始出汗，一直到整床被子都湿了。我说我都快要热晕了，他说："这就对了，要出汗才会好，忍一忍。"

其实他完全没有照顾病人的经验，只是按照他的理解来。

我躺在床上，只露出一个冒着汗的脑袋，看着他在旁边啃我们刚买回来的鸡爪。大概迷迷糊糊地躺了一个小时，我说："差不多了，太热了，我要出来洗个澡。"

他不让，说："你再坚持一下。"

我说："你是不知道我有多热，你进来试试！"

接着他就钻进被窝,我抱住他,两个人像蒸笼里的包子一样。不到一分钟,他就受不了了,全身是汗,在我边上狂擦汗。

我突然很感动,因为他本来就怕热,但还是陪我捂着。五分钟之后,他也热得受不了了,终于同意我去洗个澡。回来之后他要我继续捂,但我睡过的这边床都被汗浸湿了,他就让我睡在干燥的一边,自己睡在湿的那一边。

我迷迷糊糊地记得,那一整晚他每隔一段时间就起来摸摸我,我感觉有人在偷偷亲我的额头。他傻傻的又很着急地照顾我的样子,很可爱。

张张说:"我已经做好了跟你一辈子在一起的打算,你不要破坏我的计划。"

我说:"那你有没有做好离开我的打算?"

张张说:"没有,永远都做不好。"

我说:"那你跟我未来的计划是怎么样的?"

张张说:"我的计划就是没有计划。"

我说:"没有计划,哪儿来的破坏?"

张张说:"你就是我计划里的唯一条件,有你在就行了。"

启"杭"

文 / 张张

我们决定定居杭州时,其实决定做得很快,原因在这里:

在厦门生活很安逸,但我们买不起房。

可能我们俩一起攒还需要个几年才付得了首付,我们都感觉不太值得。而且在厦门买房的话,我们两家的父母都不太方便跑,所以商量了一下,没有在这里买房的打算。

那既然迟早都要走,又何必继续等待呢,是吧?

另一方面,杭州离宁波很近,开车两个多小时就能到。

我离新疆已经很远了,不如去离小叮家近的地方。这样,我们俩起码有一方的父母在身边,有家人照应。

再加上杭州还有直飞我家的城市的航班,以后我回家也会方便许多。

我们不去宁波,是因为宁波相对于杭州来说,节奏更慢、更安逸一些。而我们俩离开厦门就是想趁年轻,再一起努努力,就选择了节奏更快的杭州。

而且杭州的自媒体行业相对发展得更好,我们也想把自己的内容拍得更好看、更有意思,杭州有充足的养分。

这次我们也是两个人坐下来,罗列了利与弊,最终确认利大于弊,才决定了离开。

虽然厦门有我们的很多回忆、朋友、舍不得的地方,但终究不是我们的归宿。

俗话说,有舍才会有得嘛。

而杭州对我来说,是个完全陌生的地方,小时候旅游去过,印象只停留在断桥残雪、三潭印月而已。

叮叮初中和高中都在杭州读的,也算是回到了熟悉的地方。

想想不管去哪里,不管有多陌生,我们都是两个人一起前行,心里是有安慰的。

因为有了对彼此发自心底的信任,所以明白就算发生最坏的结果,我们俩也会一起承担,所以不太害怕,也不慌张。

我们做了决定,就会一起走下去。

我们定会越来越好，你们也是。

记得我们到杭州的第一天，看房的时候恰巧房东阿姨在房间。

我和叮叮一眼相中之后，就跟阿姨说了，她说也觉得我们俩很好。

她还说："你们跟我儿子差不多大，他在深圳工作，不知道还会不会回来，这套买给他的房子租给你们，我也放心。"

然后阿姨很热心地带我们去中介的办公室，还帮我们复印了办暂住证所需要的材料。

从出门到确定房子，我们只花了一个小时。

阿姨说她家在附近的城市，我们有需要她可以随时过来帮我们，还在冰箱里给我们留了一盒花生和一袋米。

对了，她走之前还说让我们有空去她的城市找她玩，她可以带我们去漂流。

我们刚开始收拾我们寄过来的行李时，隔壁有位大爷走过来站在门口。

"你们是刚搬来的呀？"大爷乐呵呵地说。

叮叮回应他说是。

大爷接着说："以后咱们就是邻居了，有啥需要，你们就敲门，我住边上那间。"

我跟叮叮点头道谢。

第二天早上我们出门的时候，看到大爷支了个小板凳坐在楼道里抽烟。

叮叮过去打招呼:"大爷早啊,在抽烟呢?"

大爷转过来说:"家里老太婆不让抽,就在这儿抽了。"

大爷说这话时脸上带着笑意。

我们准备在小区租一个车位,就联系物业找到了一个阿姨。

结果她也是一位非常好的阿姨,不但帮我们跟物业说省去了中介费,还特热情,邀请我俩去她家坐坐。

阿姨说:"哎呀,你们俩小年轻要是没地方吃饭,就来阿姨家,阿姨给你们烧饭吃。"

她个子不高,说话时带一点儿江浙口音,听起来很温暖。

我们第一次进这个小区的时候,门口的保安大叔拦住我们,问我们是看哪套房子、户主是谁之类的,语气有点儿凶,叮叮说有点儿怕这个保安大叔。

我说他也是尽职尽责嘛,这样小区里肯定不会有乱七八糟的人,比较安全。

后来我们是开车进去的,跟大叔打了几次照面,叮叮都说他看着好凶。

今天我拿着快递回来,走到小区门口的时候,这位保安大叔走过来主动帮我开了门,说:"回来啦,哟,买这么多东西呢!"

我觉得很舒服,有种已经变成自己人的感觉。

叮叮说她最喜欢这种充满市井气息的小区。

我说我也是。

那些默契的夜晚

文／张张

我忘了是周几的时候，叮叮说真是被杭州外地车限行折磨到了。

因为她好朋友周末要来杭州，买票的时候就很愁。我们的车下午四点半到六点半限行。我们家又离动车站很远，大概一个小时车程。所以买票的时候必须买三点二十之前或七点四十之后抵达的车票。还要再计算动车的时长，才能买票。说是限行两小时，算上来回的距离，相当于限行了四小时。

气得叮叮问怎么样才能获得本地牌照。我去查了一下，本地牌照要本地户口才能摇号，指不定要几年时间。但是电动车的绿牌就不用，买车就可以上牌。所以我俩就心动了一下，去看了一下特斯拉。

然后我们就更心动了。

回家之后我俩躺在床上深聊了下,又是一次深刻的关于利与弊的谈话。最后决定还是攒钱买房,限行就少开车,坐公交、地铁都可以。

我们上次这样的长谈,是关于要不要养一只狗。

我们俩都是爱狗的人,毛茸茸的小家伙谁不爱呢?于是在某一天路过一家宠物店之后,叮叮想养狗的心被激发,差点儿就下手了。

回家之后她一直念着,想要一只可爱的小家伙。我们就开始了一次关于养狗的利与弊的谈话。

我们细数养狗之后可能发生的事,以及对我们的、对狗狗的影响。最后得出的结论是,以我们现在的状况,暂时还不适合养一只狗。

然后我们就安抚彼此想养狗的心,决定以后条件合适了,再带一只狗回家。

我喜欢我们俩的这种对话。

谁也不着急、生气,两个人就生活中的每一个共同选择,在某一个夜晚,坐下来慢慢谈(也可能是躺着谈)。

最后得出一个结论,两个人就一起遵守、一起前进。

周六是小鱼的生日,刚好叮叮的好朋友从温州来,我的好朋友从厦门来。

我们就一起给小鱼过了个生日。

白天大家一起去玩了剧本杀，晚上点了些烧烤以及精酿啤酒，几个人围坐在茶几前，唱了生日歌、吃了蛋糕。

然后大家一起看了《彗星来的那一夜》。（这部电影真的很适合聚会的时候看，非常刺激。）

我发现好像年纪越长，越喜欢三五好友聚在一起，喝点儿酒，不是往醉里喝那种，而是喝一口也行，喝一瓶也行那种随意局，旨在获得微醺的快感。

更不用去夜店、酒吧，就在家里。点一份烧烤或者小龙虾，过一个什么都不用想的周末。

大家一起聊聊天，看一部电影，回忆小时候的愚蠢故事。

插科打诨，好不快活。

我也开始理解我爸妈为什么有事没事就去朋友家吃饭了。

他们就算工作很累了，周末也要开车几个小时到山里烧烤、野餐。

生活本就已经很平淡了，如果只三点一线地度过，就太无趣了。而如何给生活加料，就取决于我们自己了。

我们大可不必让其如此平淡下去，加一点儿盐、两勺生抽、一勺白糖，生活的滋味也就出来了。

我最近爱上了抽盲盒，我们给小鱼的生日礼物也是一大堆盲盒。（她开出好几个隐藏款以及自己和父母的生肖款，绝了……）

未知的总是最吸引人的。打开之前默念自己想要的人偶,有种玩游戏开卡包的快感,哈哈哈。

开盲盒一时爽,一直开一直爽。但是我坚持一次只买一个,快感才可以延续下去。

说到这个,我和叮叮真是截然相反。她是发现一个游戏就想每天玩,玩到腻了为止。我是发现一个游戏好玩,就隔几天玩一把。这样对我来说才能长期保持新鲜感,而她则有点儿三分钟热度的感觉。

因此,有时候我会很好奇她是怎么对我保持长久热度的。

她说:"就是因为我也不知道为什么你能一直这么吸引我,才想要跟你一起去探索呀。"

我推荐大家看 Bradley Cooper 的《燃情主厨》以及另外一部《落魄大厨》。

每次看完这样的电影,我都想做个厨师,享受那种把各种食材混合在一起,产生一种独特食物的未知与神秘。

我最近还了解到上海有个法国蓝带厨师学院,想着以后如果有机会,可以自己去进修一段时间,学做法国料理给叮叮吃。

想起来我就充满期待了……

如果我们一直对未来的生活抱有各种期待,那当下的时间可能就会顺我所愿地走得更慢一点儿,给我更多的机会去迎接未来。

2019年的记忆沙漏

文／张张

2019年7月的某一天。

我说:"听说最近有部剧很火,咱们要不要一起看?"

叮叮说:"什么剧呀?"

我说:"《亲爱的热爱的》,李现和杨紫演的。"

叮叮说:"不看不看,好久没看言情剧了,不想看。"

我说:"听说是讲电竞之类的,咱们看两集试试呗?"

叮叮说:"行吧。"

两天后。

(我在厕所)

叮叮说:"张张,你快点儿出来!啊!"

我迅速冲出来:"怎么了?怎么了?"

叮叮说:"你快来看这一段!好甜!这也太甜了吧!啊!我不行了!好想谈恋爱!"

我:"……"

2019年8月,我和叮叮第一次参加红人节,走红毯时,我们的紧张程度相信大家都看到了。

其实,我俩前一天晚上就睡不着觉,躺在床上想第二天会不会很丢人。

结果还好,紧张是紧张了,倒也没出糗(除了我的头拍出来显得有点儿大)。

当天,我们遇到了很多一直在微博上默默关注的博主。

大家点头微笑打招呼,像是大型网友见面会。

大家聊天的开场白都是"我太喜欢你的视频了""我关注你好久了"……

我觉得大家都特别好。

我听了很多厉害的人演讲,也跟很多人交流了经验和感触,觉得特别满足,回去后要好好整理下想法。

但最重要的是,遇到了你们。

那天下午的互动展区,可能是2019年里我和叮叮觉得最开心也最遗憾的一天。

有很多很多关注我们的朋友，在那里和我们相遇。

大家真的像是认识多年的好友，没有一点点生疏感。

叮叮说我们大家是"最熟悉的陌生人"。

大家对我们嘘寒问暖："张张，你最近瘦了一点儿哦。"

"叮叮，你们昨天刚从新疆飞来吧，早点儿回去休息呀，别太累了。"

"张张，你有一根头发从帽子里掉出来了！快收回去。"

"叮叮，你太瘦啦，让张张多带你吃点儿好的呀。"

我们在展区和大家合影的时候，很多朋友给我递纸，说我流了很多汗（真的很热）。那些纸我都接了，感觉就像是很多老朋友在身边，希望我不要在这么多人面前出丑。

我有时候转头对视到了一个眼神，大家都是笑着说："嗨，张张。"

小叮哭的时候我也差点儿没控制住。

有一个女生和叮叮拥抱的时候说："你们知道吗，我每次感觉坚持不住的时候，打开你们的视频，就觉得多了一点儿力量、多了一点儿信心让我坚持下去，所以真的很谢谢你们。"

我是真的鼻子一酸。

我们也谢谢你们。

希望我们和你们的友谊能天长地久。

就算以后大家工作忙了，没时间看我们的微博和视频了，心里也还有我们这两个朋友。

我们也一直有你们。

2019 年中秋节的前一天,我打算下午从杭州赶回象山,结果又因为限行,只能晚上六点半开车出门。于是,我们碰上了高峰期。

我们出杭州就已经用了两个小时,晚上十点多的时候(一般这时候叔叔阿姨已经睡了),叮叮说跟爸妈说好了,钥匙放在老地方。
我问她:"'老地方'是哪里?"
她说:"要等到'那一天'才能告诉你。哈哈哈,估计到了'那一天',你得准备个小册子说明书给我了。"

我们快到的时候,她说:"爸妈没回消息,估计是睡了。"
我说:"咱们可得小声点儿,别吵着他们睡觉了。"
结果我们一拐进他们家的小巷子,就看到叔叔阿姨站在路边。两人穿着睡衣,叔叔拿着一把小扇子,看到我们的车进来了,叔叔招呼着说:"把车停这边。"

叮叮没说话,气氛太幸福了。

我突然觉得我们做了对的事。
从厦门搬来杭州,我们想回家的时候,就算堵车,也能在十二点前赶回家。
中秋节前的晚上,我们到家时很晚了,桌上还是有叮叮最爱的螃蟹和我最爱的烤鸭，叔叔阿姨陪我们寒暄了一会儿。

我们说着说着，我妈发来微信："你们中秋回叮叮家吗？"
我说："是呀，今天开夜路，刚到。"

睡觉之前，叮叮说："如果你想家了，我们也可以周末过后找个时间回去一趟。"

我说："没关系，我在这里也有一个家，我爸妈会放心的。"

2019年，奶奶、姑姑等家人来看我们。他们到的那一天，我把他们带回家里。

我和叮叮说第二天一早去给他们买包子吃，是我们家附近的一家煎包，特别好吃。

奶奶唰的一下从口袋里摸出一百块钱，叫我拿去买包子，动作特别可爱，老太太觉得来了孙子家，要负担一份早餐钱心里才舒坦。

姑姑第二天和我们说，奶奶躺在床上的时候在感叹："哎呀，我竟然睡在宝宝（我的小名）的房子里了。"

这种感觉就像我那天在vlog（视频网络日志）里说的，自己竟然希望家人来我生活的城市看看，希望他们看到我在外面过得很好。

希望他们回去之后一想起我，就知道我在这里，和叮叮在一起，生活得很开心。

这对他们来说，应该是一种宽慰吧？

我爸妈来杭州之前让我去嘉兴一趟，说有个朋友在那边专门卖新疆水果，让我去运一些水果，等他们到了一起带到叮叮家。

我说不用这么麻烦，以后就是一家人了，带点儿新疆特产就好了。结果我妈一听，说等他们到了，让我把车借给他们，他俩自己导航去嘉兴拉水果。我被我妈的话震住了，最后决定直接发快递到叮叮家，到时候水果和我们一起到。没想到水果运得特别快，比我们先到象山。叮叮妈发来照片说有整整二十箱，把她家小院子都堆满了。哈哈哈哈，我们提前让叔叔阿姨感受了一把新疆人的热情。

见面结束之后，叮叮爸妈准备了几大箱象山特产，有红美人柑橘、虾干、紫菜等，让我爸妈带回去。我和叮叮一合计，又发快递直接寄回新疆，不禁感叹幸亏有快递，要不然带礼物都是麻烦事。

在酒桌上，我爸妈和叔叔阿姨说得最多的话就是感谢我们俩。

他们说原本可能一辈子都不会打交道的两家人，从西北到东南，从沙漠边到大海边，因为我们俩而相遇在一起。

我俩听得面红耳赤。

我 2019 年生日时没有拍 vlog。

因为叮叮提前送了我生日礼物——一套定制西装,她说我也该有点儿面儿了,西装安排上。

还有一条她亲手织的围巾。(因为出行计划所以还没织好,哈哈哈哈。)

围巾是我非常喜欢的姜黄色。

我的这个生日收到的唯一的惊喜礼物,是我们从舟山游玩回来后,小鱼和强哥给我送了把椅子。

他俩说是人体工学椅,因为我老坐在电脑前剪视频,有这把椅子可以减轻我身体的负担。(我坐在椅子上,俩人边说边在旁边给我调整椅子,竟然有种做了父亲,孩子特别孝顺我的感觉,哈哈,欣慰。)

我生日那天,叮叮帮我订了一家听说是西湖区热门榜第二的私房菜(第一的没订上位置),在西溪,我们一家人,还有小鱼、强哥一起,简简单单地吃了顿美味的晚餐。

叮叮送我的蛋糕上有一辆大 G,说是在"饿了么"上第二好吃的蛋糕店买的,第一好吃的蛋糕店里的蛋糕上没有大 G。

小时候我觉得生日是很重要的日子,要有礼物、好朋友们,爸妈不在才是最好的。

长大了我觉得,生日也只是很平凡的一天,有爱人、家人、好友在身边,我不能再满足了。

唉,我想说的很多话到嘴边,又觉得就让这些美好永远留在我心里吧。

叮叮爸妈来看我们了。

阿姨到家之后没有休息一分钟,换了鞋就系上围裙开始做饭。

叔叔跟我们坐在餐桌前聊天,拿出从家里带来的甘蔗和红美人柑橘,说还有几条特别新鲜的鱼,等会儿就蒸了吃。

小小丁坐在地毯上看电视,偷吃姐姐最爱的山核桃。

我妈发来她做的一桌子菜的照片,说等会儿阿姨做好了拍张照片发给她。

餐桌大概是妈妈们永远的比赛现场,只是分不出结果,因为都好吃得能下三碗米饭。(说这句话真不是因为求生欲。)

每一个妈妈的手都快得要命,她们好像进了厨房就开了加速器。

这边锅里蒸着鱼,那边菜板上切着藕,水池里还有只螃蟹在处理。

一个小时就能轻松整出四菜一汤。

我又一不小心吃了两碗米饭。

晚上九点多,大家就熄灯准备睡了。

我和叮叮偷偷从冰箱里把叔叔带来的烤鸭拿回房间,就着烤鸭看了部印度电影才睡。

第二天一大早,叮叮出去看看大家起了没。

她回来后说:"妈妈在浇花,爸爸用吸尘器在清理房间,小小丁在做作业。"

我们去买了最爱的煎包当早餐。

后来,一家人去商场逛了逛。

鉴于我的行动能力,留我和小小丁在咖啡厅坐等。

弟弟说想看我玩游戏,我就非常自然地表演了一把十二杀单人"吃鸡",以及皇室战争八连胜,打完后淡定地喝了口咖啡,这一切像是我的基本操作。

想必我已经在他心里树立了一个游戏强者的形象。

有家人在的周末就是两个字——安心。

大家平静地放下手头的所有事,舒舒服服地吃一顿晚餐。

这种感觉无法形容,也不用形容。

关于求婚的那些事

文／叮叮

三月的某一个晚上，我躺在床上，他一边轻轻挠着我的手，一边在看手机。我先睡着了，这段时间因为季节变化，所以我一直咳嗽，晚上咳得厉害时会醒一下。黑暗里，迷迷糊糊的我总能听见玻璃的声音。我在脑子里搜索了一下我们房间大概有什么东西会发出这种声音，太困了，想着想着又睡着了。随着我一次次咳嗽，一次次迷迷糊糊，突然我就感觉到中指触到了什么冰冰的东西，接着就被那个东西套住了。我马上就想到了可能是什么，瞬间就清醒了。

我没有睁眼，因为怕他尴尬。接着，事情就变得搞笑起来。我感觉到，他要假装也在睡觉，所以脖子以下的部位是平躺着的。但是他得看着量我手指的尺寸，所以就梗着脖子看。

他小心翼翼的，弄一会儿就把头放下来屏住呼吸等一会儿。我在黑夜中装睡，听着他气息的变化。

他可能是觉得前一个圈有点儿大,他又试了一个,结果拿下来的时候卡在了我的指关节上。

我感觉到他很急,不能用力扯,最后只能转出来。真的太好笑了,我很想动动我的手指帮他弄下来,但不行,为了保住他的惊喜,我得装作不知道。

两个人住在一起,准备惊喜还是有一定难度的。

这段时间因为也快到纪念日了,所以我们都在给对方准备惊喜。那天我在一楼上洗手间,突然发现多了份快递,巨大的,快跟门差不多大了。他最近也没说买了这种形状的东西,那估计就是礼物了。他把这么大的礼物放在这儿,我能看不见吗?晚上出去散步时,他的手机一直弹消息,他还遮遮掩掩的。我故意逗他,说:"哎,你有看到我们洗手间里多了个快递吗?"

他说:"快递?什么快递?"

我说:"这么大,你看不到?"

他说:"不知道你在说啥。"

我说:"不可能吧,还好我拍下来了,给你看看。"

他秒怂,说:"哎呀,是啦是啦,你就当不知道嘛。"

其实我给他的礼物就藏在他的快递旁边,用一个小盆盖着,藏了整整一个星期他都没发现。我们俩就这样,都知道对方藏了礼物,但也不戳穿,偶尔调侃对方,或者对视的时候,两个人露出一种"我懂你"的笑,这种感觉竟然还挺好玩的。

一次，我在楼下录视频，他在工作间。突然闺密给我打电话，问我在哪儿，说张张满世界找我。我说我们俩就在一起呢……然后她支支吾吾了一会儿就挂了。我很纳闷儿，不过当时在拍视频，就没有多想。其实是张张以前没有我闺密的联系方式，就找了我另一个朋友去要号码，理由是找不到我，问问她知不知道我在哪儿。对方就问他，我们是不是吵架了，紧接着闺密直接给我打了电话，都没有给张张说话的机会，果然是我闺密。但她一听到我说我们就在一起的时候，马上就挂了电话。所以，当时的我就没有猜到。

离我们三周年纪念日不到几周了，想到钻戒一般要提前很久订，所以我也就不认为他会在三周年那天求婚。四月一日那天我们也说好，晚上去法国餐厅吃个饭就算过纪念日了。当天我和他一起出门，中途他和我说一个朋友的车子跟别人的车子蹭到了，让他过去帮忙。当时又有朋友约我，我就没多想。原来，后面这些都是安排好的！

我知道会有这一天，但不知道就是三周年那一天。我感觉像是一场梦，特别是在看到他请来了我很久没见的闺密们。她们从北京、温州过来，看到她们的时候，我的眼泪不停地往下掉。因为高中毕业之后，我们就很少见面了。我们以前的愿望是能在同一座城市工作，然后合租，但是我们后来上了不一样的大学，在不同的城市工作，实在很难凑到一起。所以，有她们见证这一刻，我很幸福。

他站在我面前，穿着白衬衫和我给他挑的西装，打着领结，额头上有细密的汗珠。其实我哭得有点儿晕，因为真的太幸福了。我只听到了那一句："你愿意嫁给我吗？"然后他单膝跪在我面前，真诚地望着我。我傻傻地说"好"，只想快点儿拥抱他。

以前我总是看到别人的求婚场面很盛大、很隆重，有好看的舞台，有灯光，还有路人围观。我也幻想自己被求婚时会发生在一个什么样的时刻，怕张张如果真的弄成这样，我可能会害羞，会不自在。但是这一刻，一生中很重要的时刻，我很庆幸它发生在我们温暖的小家里，也很庆幸我们最好的朋友就在身边，谢谢这个如此了解我心意的他，让我全身心地体验这一次。

张张求完婚之后，松了口气。他真的好累，因为要瞒着我做这一切。我们俩是什么话都说的相处模式，所以这些事情憋着不能跟我分享，他就特别难受。仪式结束后，他一股脑儿地把怎么安排、怎么联系朋友、怎么瞒着我、大家怎么演的，全部告诉我。我很感动，想起来这段时间他总对我说"我好爱你"，我一直问他为什么，他都不说。求婚后他告诉我："因为，即使这一切很烦琐，自己要去安排每个细节，但是为你就很值得。唉，我怎么会这么爱你。"

现在，他在我旁边睡着了，因为前一天我们的朋友玩到凌晨两三点才睡。他一大早将他们一个一个送去动车站或者机场。因为不是节假日，他们大多也是请了假出来的，还要赶回去的。

幸福感快要溢出来了，我何德何能啊……
谢谢所有到场的给我惊喜的朋友，也谢谢他——我的张张！

当我决定和你共度余生的时候

文 / 张张

　　有很多人问我,你是怎么决定要跟叮叮求婚的。
　　我就开始回想准备求婚的那几个月我是怎么想的。
　　2019 年的春节,我是在家过的。
　　因为大年初四要去叮叮家,所以我在家也就待了一周左右。
　　我在家的那段时间就在想:"这是我第一次去一个女孩家过年,一定要好好准备,在她家人面前做好自己,才能更好地迎接下一步。"
　　等等,下一步?

　　在这之前,我和叮叮就讨论过关于结婚的事,说大概也就是这两年,但也没有说个具体的日期。
　　她一直强调:"现在还不能认真讨论,必须在我们定下来之后才可以讨论。"
　　想到她说的这句话,我就觉得我应该向她求婚了,我应该给出我的承诺了。

以前我觉得求婚是一件很遥远的事，好像求婚之后，人的一生就跟另一个人绑定了。

我就开始琢磨："如果我接下来的人生都要和叮叮度过，我们要共同组成一个家庭，我们要一起面对以后的风风雨雨，快乐或者是伤心，都只跟她一起，这些我自己能接受吗？"

于是，我开始想象以后和她一起前进的人生道路。

想完之后，我竟然还挺开心的，觉得如果能跟她一起，这些困难也就算不上什么困难了。

那我是不是真的可以求婚了？

我就去跟我妈说了，我说："老妈，我打算年后找个时间跟叮叮求婚了。"

我妈说："可以呀你，钻戒买好了？"

我说："……还没，不过打算过段时间就买，所以你的意思是同意了吗？"

我妈说："这是你的人生大事，由你自己做决定，如果你想好了，我和你爸无条件支持你。"

我说："好的，这就去订钻戒。"

于是，我开始在网上看钻戒，策划求婚的方式。

求婚这么有仪式感的事，一定要在一个合适的日子，合适的地点，有合适的人在才行。

我跟几个好兄弟建了一个群，名字叫"求婚行动组"。

我说我准备跟叮叮求婚了，他们的反应都是一定要来现场见证兄弟的求婚。于是，我决定把他们都邀请来。

既然我的好友都来了，那叮叮的好友也一定得来。

在一个月黑风高的晚上，我偷偷翻了叮叮手机的通讯录，联系上了她的好友，也建了一个群，邀请她们一起来见证。

我联系好了人，接下来就是选场地了。

我把B站上关于求婚的视频看了个遍。

有些国外的求婚真的办得很好，盛大得如婚礼一般，我自认为没有这个资源整合能力。

我们俩都是在公共场合容易害羞的人，有一次，我当着以前办公室同事的面送给叮叮礼物，她都害羞得说不出话，场面一度很尴尬。

我就打消了在外面求婚的念头，决定在家里求婚。

接着是选日子，刚好还有一个月就是我们的恋爱三周年纪念日。

我寻思着把恋爱纪念日和求婚纪念日放在一起，就可以少一个纪念日了，愉快地定下了在这一天求婚。

时间、地点都定下了，接下来就是流程了。

这也是我接下来失眠了一个月的原因。

为了不让叮叮发现，我必须在求婚当天找人用正当的理由带叮叮出去，为此我又联系了另一位朋友，拜托她提前约叮叮出门。

我打算给她一个惊喜,于是准备了一块挂布将家里的客厅一分为二。还请了一些朋友来帮我录一个祝我们三周年快乐的视频。这样小叮回家之后会以为是我给她准备的三周年惊喜。

看完视频之后,我让她闭上眼睛,自己迅速地换上西装(里面已经穿好衬衫、打好领结)。

我拉开挂布,露出后面满地的花瓣和我提前定制的"DD MERRY ME"(叮叮嫁给我)灯管。(忙中出错,印错了一个字母,发现的时候已经来不及改了。)

她睁开眼睛的时候,我站在窗边,给她唱我偷偷在厕所练了一个月的 *Perfect Duet*(歌曲名《完美二重唱》),然后她就哭了。

接下来是我的好友出场。事后她说看到他们从东北、新疆过来的时候,觉得很感动。

没想到的是后面还有她最好的姐妹们。

于是如你们在视频里看到的,她哭得很大声,我在后面却很开心。

虽然我的麦克风坏了,我基本上没听见自己唱的歌。

她哭着走到我面前,手上捧着朋友们递给她的散装玫瑰。(为了让每个人递给她花,就把花全部拆开了。)

我都忘记我说的是什么了,之前准备好的一大段话到这时候一句都说不出口。

终于到了我单膝下跪的时候。

我觉得我在说"嫁给我"时,应该是我迄今为止语气最深情的时刻。

这个傻瓜也已经哭得完全忘记该怎么回答,哽咽地说了一个"好"。

我觉得足够了,这一切值得。

我给她戴上了钻戒,我们拥抱在一起。

大概这就是我求婚的全部心路历程。

中间也发生了很多很好笑的事。

叮叮说有一天晚上她一直睡不着,凌晨两点多听到我在折腾什么金属的东西,就装作自己睡着了,想知道我要做什么。

其实那是我买的测量她手指围度的戒指圈,我以为她睡了,就一直在她手上试大小。

她说她都知道,也猜到了我要求婚,但没想到会是这样的方式,有那么多朋友在一起。

我现在回想起这一切,虽然经历的时候非常折磨,一直担心出现问题,但正因为这些磕磕绊绊,才让这件事成为我们俩非常重要的回忆之一。

当两个家庭碰撞在一起

文 / 张张

七月底我要回新疆,我带着叮叮,叮叮带着她父母和弟弟。双方父母真正意义上的第一次会面要开始了。

从我俩给大家订好机票开始,四位家长就开始为会面做准备了。现在我来说说具体情况。

以下内容均为我们爸妈跟我俩打电话聊天时提到的:

叮叮爸说:"张张爸妈爱吃什么呀?我们上次让你带给他们的宁波特产他们喜不喜欢?要不要这次再带一些?"

我妈说:"儿子,你说叮叮爸妈过来了住哪儿呀?要不,他们过来后住我们家,我和你爸去跟奶奶住吧?毕竟家里的新房子住着比酒店舒服点儿。"

我说:"哎呀,人家第一次来,住家里还是比较不方便的,而且人家肯定不好意思嘛,还是先住酒店吧。等你们都熟络了,再住家里。"

叮叮妈说:"新疆冷不冷?是穿夏天的衣服还是冬天的衣服,要不要带件羽绒服呀?"

我妈说:"叮叮爸爸喝不喝酒呀,到时候过来他们是不是吃不了辣子,到新疆玩的行程怎么安排?"

叮叮爸妈说:"新疆那边都几点睡觉,是不是跟咱们这边有时差,有没有什么语言和词语是禁忌的呀?"

我爸妈说:"到时候你俩去成都了,叮叮的爸妈还可以留下来吧?他们再住半个月,到时候我们带他们再好好玩一圈!"

我和叮叮说:"……"

其实我发现,我们的父母也是第一次面对这样的事:双方父母见面啦,订婚啦……

他们也没有经验,所以有时候比我们还要紧张。

特别是像我和叮叮这样的,南北差异那么大的两个家庭相聚在一起,自然有很多很多不了解的。

我俩每次一想起双方父母见面会是什么样,就觉得特别好笑。

说起来,这个世界还真是奇妙,两个原本完全没有联系的家庭,因为我们两个人的相遇,就这么交织在了一起。

大家都为彼此的相见感到紧张,也都为能够见面感到欣喜。

说实话,我是最紧张的那一个,哈哈哈哈。

我们到了新疆一下飞机，发现我爸妈已经等候在接机口。

我和叮叮相视一笑，互相释放紧张情绪。

倒是叔叔阿姨很淡定，也完全不担心认不出对方来。

他们早就在我们的视频和照片里互相熟悉了。

我爸上前和叔叔握了手，我妈捏了捏小小丁的脸蛋儿，上前帮阿姨推起了行李车。

我带着小小丁走在后面。

这种感受不常有，之前所有的担心落了地，神清气爽。

大家一起吃午餐的时候，叮叮爸说起路上发生的一件小事："早上上飞机之前，我们问张张该怎么称呼你们，我们都没想出来该怎么称呼。结果旁边的小小丁插嘴道：我学过！你们这样的情况应该叫'亲家'！"

叮叮爸说完，一桌人哄堂大笑。

有时候大人觉得尴尬的事，小朋友反而很通透。

饭后，我送他们回酒店。

我和我妈走在路上，我问她："老妈，感觉怎么样，尴尬吗？"

她说："不尴尬，就像一家人一样！"

接下来的几天，我们一起开车穿越了新疆的很多地方。

果然，大家一起旅行是促进关系的良方。

在巩乃斯林场，我和叮叮特意没有跟着大人们一起爬山。

他们爬到山顶，一起拍了很多照片，肩靠着肩，举起双手，学

· 179 ·

着现在最流行的比心姿势。

因为林场晚上很冷,所以我爸妈提议小酌两杯。

大家就着大盘鸡和烤肉,喝起了白酒。

我和叮叮觉得不方便旁听,吃完就赶紧溜回房间看电视了。

他们从七点聊到十二点,也不知道聊了些什么。

四天的旅行结束,我回家开始整理 vlog 的素材,发现了非常微妙的变化。

刚开始旅行时,都是叮叮爸妈带着小小丁在玩,我爸妈和叔叔阿姨在聊天。

随着时间的推移,变成了我妈和叮叮妈手挽着手,我爸和叮叮爸走在一起。

我每次看到这样的素材,都叫叮叮过来一起看,看完我俩疯狂偷笑,像是某种计谋成功了一般。

不过反过来想,我们俩也没做什么,只是让他们聚在一起,一切就顺其自然了。

所以,顺其自然大概也是种强大的力量。

简单的四周年

文 / 张张

我们恋爱四周年，我求婚一周年那天，我们说走就走地回了厦门。

我们见了很久没见的好友，吃了想念不已的美食。感觉我们就像从来没离开过似的。

我们虽然一两个月以前就说好，纪念日谁也不要给对方准备礼物，但到了纪念日前一天晚上的十二点，俩人还是准时拿出了各自准备的惊喜。这大概就是我们心照不宣的默契吧。

我回想求婚后的这一年，我们身边发生了很多事。

我们从厦门离开，来到杭州。

我们从以前两三个月回叮叮家一次，到现在一个月回两次。

我们也开始想办法让双方父母见面，讨论婚礼，讨论婚期，讨论很多以前以为还很遥远的事。

我以前觉得结婚这件事太复杂。我曾经看过一篇微博，是说婚礼该如何准备的，里面罗列了一百多条婚礼前的注意事项，我只看了三条就觉得头都大了，直接把它存在了我的收藏夹，心想真要用上的时候，应该是很久以后了。

这些还只是外在层面上的，真正让我觉得复杂的是：以后我不仅仅要和叮叮相处，还要和她的父母、弟弟以及她的其他家人相处。当时的我觉得自己处理这种关系的能力很差，应该很难处理好，所以有点儿不敢面对。

我的这种心态在求婚之后发生了巨大的变化。

我不再害怕了。

在纪录片《人生第一次》中，有一位妻子怀了双胞胎，却因为自己的心脏有先天问题，不得不在孩子足月前做手术，失去孩子的风险很大。丈夫焦急地带着她去上海的大医院，但同样面临着做完手术就会失去孩子的风险。我和叮叮在屏幕前都替他们捏了把汗。好在最后的结果是好的，母子平安，孩子顺利生产，丈夫背过镜头用T恤擦掉眼泪。他说："我下半辈子不干别的了，就守着他们三个人过。"

我也跟着流眼泪。

我想，我们就是在这样的时刻，找到了自己人生的意义所在，然后其他的事都是围绕这个"意义"的。

结婚这么复杂，又怎么样呢？我们两个人在一起，一件一件地做好，它也会变得很有意思。

感觉家人之间的关系很陌生也没关系，因为以后大家是一家人，还要一起过一辈子呢，慢慢就会熟悉起来的。

因为我找到了我想用很久很久去维持的"意义"，所以眼下的这些事与之相比，就变成了很简单的事，花时间去做好就行了。

四周年的纪念日，我们也没做什么特别的事，在民宿里玩了一天，前一天晚上送给叮叮礼物，然后准备去吃顿大餐。

厦门的海风吹进衬衫的袖子，凉凉的，很舒服。

向小叮提亲那天

文/张张

我本来以为,提亲是要父母和我一起登门拜访的,所以之前就问叮叮爸妈要不要叫我父母过来。结果我听他们说,提亲其实是要媒人带我一起上门的。因为我和小叮没有媒人,也不是相亲认识的,那就和最好的朋友或者兄弟姐妹上门就可以了。

所以我就邀请了强哥、小鱼和我一起上门,作为我的兄弟姐妹。(其实强哥在高中的时候就扮演过我的哥哥替我开家长会,我那时候每天都喊他"表哥"。)

我觉得有他们俩陪着我一起上门,我应该会更有勇气,没想到他俩比我还紧张。一进门,强哥就跟小媳妇儿似的,两腿并拢坐在沙发上,两只手都不知道该往哪儿放,叮叮爸跟我说话,他就在旁边附和,我几次暗示他主动找话题,他都在呆滞状态。还好很快阿姨就做好了午餐,我们才不至于一直干坐在沙发上。

吃饭的时候，他俩好像在预谋什么，互相递了个眼神就一起举起了杯子，说："叔叔阿姨，以后我们子凡就拜托给你们了，以后他就是你们的另一个儿子了，我们敬你们一杯。"

我在旁边无语又无奈。

这话听着怎么那么像我爸妈说出来的？好家伙，我生生被他俩占了个大便宜。

我剪视频的时候回看这一段，又觉得有一点儿感动，感觉他们是我的好朋友，又好像是我的兄弟姐妹，在我人生最重要的时刻，他们在我身边，替我说那些我说不出口的话。

谢谢。

午餐时，还发生了一件事。

我举杯敬了叔叔阿姨一杯，跟我碰杯之后，阿姨说："还要叫'阿姨'吗？"

我顿时不知道该怎么接，看向强哥，强哥说："就是，怎么还叫'阿姨'呢？"

幸好有小叮替我解围："这就要改口啦？"

阿姨问强哥："你对聪聪的父母改口了吗？"

强哥害羞地说："还没有。"

奶奶在旁边说："要结婚的时候才能改口的，现在还不用。"

这个话题才告一段落，我偷偷松了口气。

我感觉改口这件事一定要在一个特别的仪式下进行，要不然真的很难叫出口。

回去赶紧做好心理准备,下次再这么突然,我就直接喊爸妈了,给叔叔阿姨一个惊喜。

不过,我现在倒是挺想让小小丁改口叫我"姐夫"的。

我之前一直觉得,来叮叮家送上"十全十美"的彩礼才是头等大事,却没想到晚上的酒局才是真正的考验。

叮叮的家人很多,晚上在酒店摆席,坐满了两大桌。
她有三个表哥一个表姐,表姐因为有事没来,于是就我们三个和哥哥嫂子们坐在一桌。

刚入座,小叮的大哥就对我说:"子凡,我们这个大家族,家人们关系都很好,阿琼(家人们都喊小叮'阿琼')从小在我们的身边长大,就跟我们的亲妹妹一样。"大哥边说边从桌下不断地往桌上拿啤酒,先给每个人面前放了两瓶。

大哥说:"你带来的这两位朋友,在我们这边风俗里,叫'赵子龙',赵子龙嘛,史上最厉害的保镖,所以说他们俩今晚就是你的保镖,要替你喝酒的。"

旁边的强哥听完这段,脸色就变了,转头用求救的眼神看向我。

我对大哥说:"好的,哥,没问题,就是我这位朋友,他酒精过敏,他就少喝点儿吧。"

大哥说:"哎呀,好吧,那你就只剩一个'赵子龙'了,哈哈。"

二哥接话说:"当初我去我老婆家提亲的时候,就是大哥和弟弟陪我去的,我们三个都喝多了,唉。"

大哥说:"就是,不过子凡你放心,提亲的日子我们站在你对面,但过了今天,你就是我们自己人了,结婚那天哥哥们会帮你的。"

我听完这两段就懂了,今晚怎么说也得拿出我全部的酒量,让哥哥们满意。(这句话怎么看着怪怪的。)

不过也是应该的,毕竟是妹妹被提亲的日子,哥哥们肯定是要考验一下未来妹夫的。

说完这些,我看哥哥们都往自己的杯子里倒上了半杯酒,我就拿起一瓶准备给自己也按这个量倒上。

这时,旁边的强哥好像懂了什么,噌的一下拿过我手中的酒瓶,给我倒了起来,我疯狂给他暗示,想让他参考下旁边哥哥们倒的酒,他倒好,这时候不知道开的是什么窍,直接给我倒了满满一杯,啤酒沫都溢出来了的那种。

我和小叮、小鱼在旁边看得惊呆了。

强哥怎么一上酒桌就倒戈了呢?

好吧,我只好硬着头皮举起酒杯,敬了三位哥哥。

我说:"谢谢三位哥哥这么多年对小叮的照顾,以后我也会好好照顾她,请哥哥们放心。"

大哥说:"听你这么说,我们就放心了,以后你有没有好好对阿琼,我们都看得到的,来,干了!"

我像是完成了一个小小的认证仪式,从这一刻起,我紧张了一段时间的心放下了不少,整个人轻松了许多。

这一晚的酒桌上,我就没有一杯酒不是干的,不管对方喝多少,我都全干,一方面是真的开心,另一方面也充分展示出了我们新疆小伙子豪爽的一面。

就是我吐得也挺早的,大家还没吃尽兴,我大概就已经在厕所吐过两回了。

我对于那晚餐厅里的最后记忆:我趴在桌子上,我的另一位"赵子龙"——小鱼,她一直和各位哥哥、舅舅喝着,一杯接一杯,一直没有倒下。

最后,大家盛赞小鱼非常能喝,可惜结婚那天小鱼算娘家人,就不能帮我挡酒了。

我晚上回家时醉得不省人事,第二天回看视频发现是阿姨帮我擦好脸,盖好被子的……我希望阿姨早点儿忘记我的狼狈样。

后来小叮跟我聊起,说哥哥们不是有意为难我的,他们向他们的老婆提亲的时候也不轻松。

我还真挺理解他们的,我妹妹要是出嫁,估计我也得跟我未来的妹夫好好喝两杯。

那天晚上我加了哥哥们的微信,也被小叮爸爸拉进了家族微信群,这感觉真的很奇妙。

从今以后,我们就是一家人了。

PART 02 人间观察指南

叮叮篇

社区工作者

我本来以为春节期间应该是最闲的时间，没想到是最累的。

我妈摘下口罩，洗了手，用酒精棉片消毒了她的手机，系上围裙走进厨房。

作为普通居民，春节的确应该是最闲、最无聊的时间段。但是我一回家就患了乙型流感，自觉去医院开了药后居家隔离，我妈就在家照顾我。

乙型流感的主要症状是一直发烧，我连续四天烧到三十八至三十九摄氏度，每天头重脚轻的，难受到掉眼泪。我妈就早上进来给我擦身体，换下我因为吃退烧药而湿透的衣服，想起来这个还是我小时候才有的待遇。我妈盯着我吃药，给我炖汤，让我增强免疫力，按时记录我的体温。她不断预言着："早上起来体温都会低一些，晚上还是会烧起来的，备好退烧药""今天体温还可以，再吃两天药,到后天估计就好了""你这样子,眼睛红红的,一定又烧起来了"……

这也许是每个妈妈的技能吧,她们特别了解你。

所以,那段时间她在家休息也是忙碌着的。不过,我自私地想着,被妈妈照顾的感觉真好。

我的流感终于好了,而她初六就开始上班了。她不是医生,不是警察,只是一个普普通通的社区工作者。2020年2月初,浙江省出了以小区为单位的管理政策,所有在社区工作的人开始在一线推进。一天中午,我妈就在饭桌上告诉我们,我们小区也要拦起来,只留一个出口,把大家管理起来。

我觉得完全不可能,我们小区在城镇上是很特殊的小区,因为居民大部分是原先村民搬迁过来的,所以各家各户自己盖房子。没有物业,没有统一的管理,几乎每个小弄堂都能通到大马路上,要封起来,只能把弄堂口都封掉。我妈说:"对,社区已经联系好竹排师傅把竹子拉过来,明天开始搭。"

也许是我年轻,也一直在外面租房住,没有参与过社区集体活动。所以,我觉得这样去搭竹子,封住一个个的路口特别耗时。

一天早上,我还没起床就听见了外面嘈杂的人声。我起床下楼,看到我爸戴着口罩、手套,拿上家里的锯子出门了。再过一会儿,应该就会封我们家这个弄堂了,一群戴着口罩的叔叔阿姨,说说笑笑地过来了,大家根据长度锯竹子,抬竹子,用钢丝把竹子拧在一起。一天下来,小区就封上了。

没有工人,都是小区的居民自发出来干活儿,他们说别的小区早就封上了:"我们这个虽然难,但也得跟上呀。"

小区封上之后,晚上我妈就开始联络在小区出入口值班的人,没有物业，只能靠小区居民来值班。需要每家每户出一名成员，来值一个时间段的班。

小区里有愿意值班的人，也有不愿意值班的人，但是愿意值班的人发现有人不值班，就会心理不平衡，也不愿意值班了。所以这个协调工作很难，我妈吃完晚饭就出门了，到晚上九点才回家。最后，我看那个值班名单上还是挺多人的，因为人多，所以每个人可能只站一次岗。

我爸的名字也在值班名单里。愿意值班的人虽然没有像医生、警察那样冲在疫情的最前端，仅仅是在我们这个社区，但我也觉得他们很光荣。他们在守护我们这个社区的安全，保护小孩、老人，担起这个集体的重担。

我想到张张说，以后等我们成为某个小区的业主了，他也会去竞选业主委员会。我当时觉得很好笑，印象里业主委员会总是由一群阿姨组成。但现在我才发现其实这群人很热心，很有责任感，很有凝聚力。

站岗值班从今晚开始，我预感到后面一定会困难重重，一定会听到"今天一位大爷一定要出去散步，吵起来了""某某非要出去买包烟，拦不住"之类的话，希望居民都能配合社区的工作，毕竟也是为了保护自己和家人。

之前我看到有篇文章说"为什么澳大利亚山火不会发生在中国"，因为在那边，每个人各司其职，山火的事是消防员的事。而在中国，山火的事，消防员上了，共产党员上了，千千万万的人民群众也会跟着上。

所以，这一次也是一样的，专家们在努力攻破病毒，政府在全面指挥，人民群众也在做着力所能及的事情，全国人民一同渡过难关。在此，我向所有在战疫一线的人致敬，向社区工作者致敬，向我妈致敬！

疫情过后，我想拥抱每一个人。

爱情中的吵闹

我小的时候，就只见爸妈吵过一次架。对此，我印象很深，大概是因为我不愿意穿毛线裤，我妈非要我穿，我爸觉得小孩子不想穿就算了，天气也还没有特别冷。他俩就吵起来了，当时把我吓坏了。爸爸转身出去，妈妈回房间趴在床上哭。当时，小小的我觉得天都要塌下来了，脑补出很多画面，在想他们的关系是不是不好了，感情破裂了，要分开了。我哭着过去安慰妈妈，我妈看到我就笑了，说："我跟你爸爸只是意见不合吵个架。"当时我根本不信，觉得她在隐瞒，就哭得更厉害了。结果到了晚上，他俩跟没吵过架似的，有说有笑的。我觉得很开心，也有点儿困惑。不过，那次之后，我再也没见过他俩吵架。

后来我长大了，才知道夫妻或情侣在一起生活，吵架是件很正常的事。当时我的爸妈还年轻，有意见不合的时候，就会闹情绪。我想也许在我没看见的时候，我爸爸一定是去哄了妈妈，还说好之后不当着孩子的面吵架。

我几乎没怎么跟人吵过架，跟闺密、朋友更是没有，以前觉得吵架就代表着关系的破裂，但现在觉得和张张吵架是件很正常的事。因为我们吵架的时候从来不是用分手当解决方法，而是一起去面对问题。我有个朋友说我们感情里的最大问题是积怨，所以当时我们就说好，如果有什么不满或是不高兴的事要说出来。我们经常隔一段时间，就会互相说一说积怨。

有一次张张估计是处在积怨的状态，我随便说一句话，他都会原地爆炸。

我说："你是不是对我很不满？"

他说："对，晚上回去好好跟你说说我的积怨。"

我说："现在说吧，晚上回去就不记得了。"

他说："不会的，我用个小本本记着的。"

我："……"

回去之后，我们讨论了一番，他说了最近的一些问题，我告诉他我这么做的原因，他的气就一点儿一点儿消了。还有一些积怨他说想不起来了，不过，过几天我们拍摄的时候一定会吵架，到时候再跟我说，哈哈哈。

就像这样，我们把吵架看成一个很普通的状态，在吵架中，我们解决问题、了解对方。

我们以前记录的一些吵架原因，当时觉得很生气，但现在回头看，觉得很莫名其妙也很好笑。

有段时间我不知道为什么越来越不喜欢烟味，虽然张张在车里抽烟时都会打开窗户，但我还是会闻到味道。

我说："要是车上装一个像飞机上在客舱失压时自动落下的呼吸面罩就好了，你抽烟的时候，它自动落下，我戴着。"

他说："给你拿个氧气罐吸好了，平时出门你就背着它。"

我说："谁来背氧气罐？"

他说："你。"

我说:"我吸氧气是因为你要抽烟,那应该谁来背?"

他继续说:"你。"

我有点儿急了,虽然他是以开玩笑的语气说的,但是我就死磕上了,想让他说一句在意我的话。

于是,我用威胁的语气问:"谁来背?"

他小声地说:"我。"

我很是得意,说:"大声点!"

突然,他超级凶地说:"我已经说了,你当我是什么?每个回答都让你满意才行吗?"

我:"……"

虽然我知道自己可能有点儿不对,应该道歉,但是此时的我已经开始了新一轮的生气——因为他凶我!

所以,那天我们因为谁来背氧气罐的问题吵了起来,而且还是一件不会发生的事情。

女生的生气点很奇怪,她在意的不是这个问题,而是对方对她的态度,她会想"你说一句'我背'有这么难吗,你哄哄我这么难吗",这时候如果男生不耐烦了,凶了,那女生就会觉得非常委屈,开始新的一轮生气。

我目前觉得最好的解决办法就是,男生可以生气、反击,但是这之后,你得哄哄她。因为她可能知道自己错了,只是因为你暴躁的态度,她下不来台。只要你愿意哄,她就会理解你。这份理解是不说出口的,也许我嘴上还说"这个氧气罐必须是你背",但下一次我们争论这个话题的时候,我就不会这么在意"谁来背"这个答案了。

还有一次，我们在吃螃蟹，我打不开螃蟹盖头，让张张给我咬开了。

我吃到第二个螃蟹时，还是打不开，说："张张，帮我开一下，我还是打不开。"

张张生气地说："你自己咬嘛，我也不喜欢亲螃蟹的屁股。"

我："……"

谁吃螃蟹的时候在意过螃蟹的屁股？所以，我们因为谁来亲螃蟹的屁股而吵架了……

恋爱中的人都很傻，因为一些莫名其妙的东西，就会变成两只河豚，一哄就漏气的那种。像这类的吵架，我们也不会去深究到底该怎么解决，有一方给个台阶就下了。

感情中永远都不是"我和你"，而是"我们和问题"。

爱情中的吵闹很好解决，因为这些吵吵闹闹都阻止不了"我爱你"。

我看这个世界，阿尔茨海默病

你一觉醒来，发现三十岁的你一下子变成了七十岁，外面是你完全陌生的世界。

这是我眼中阿尔茨海默病患者的状态，我爷爷得此病十年，现已去世。

他是小学教师，学校里的语数外和音乐都是他教的，退休后热衷于麻将和象棋，在家教孩子们写作业，家里的哥哥姐姐弟弟妹妹都是他带出来的。以前我去幼儿园也都是他接送。我记得很清楚，从幼儿园回家的那条路上，有一个好高好高的台阶，我会故意站在那个台阶上，说自己下不去，要他抱下去，然后就赖在他身上不下来，让他一直将我抱回家，其实就是不想走路。

直到有次他上公交车时绊了一下，小腿开了道口子，在医院住了好几天，他出院之后就慢慢开始出现症状了。

出院后的某一天，他穿好熨得笔挺的中山装，纽扣扣到最上面一颗，拿上公文包，说要去学校，说领导通知他开会。家里人拦着不让去，他就发火，急得冒出一头的汗。也许在他的眼里，自己还是三十岁……

那会儿我已经读四年级了，上学放学都自己走，但他还天天去学校接我，在教室外面高兴地喊我的名字，跟我挥挥手，当时的我觉得自己在同学面前好丢脸。现在回想起来，如果他还在，我一定冲过去紧紧抱住他。

我中学时去了外地读书，放假回家，我爷爷很开心地拿出一双鞋，说是专门给我买的。那双鞋还是幼童的尺码……我就说太小啦，我现在都这么大了，他就像是被吓到了一般，开始不安，满头冒汗。家里人告诉我，买鞋那天，他跟营业员说我只有那么小，还拿手比了比，家里人劝他，他也不听。在他的记忆中，我还在上小学。

这样的他有时也很可爱，有次去姑姑家，他一个人在房间里。房间里有一面全身镜，我进房间的时候，看到他在跟镜子里的自己打招呼，特别礼貌，还聊了两句。

后来，他的症状就越来越严重，怀疑家人，渐渐忘记家人，甚至忘记了自己的名字，但就是没忘记我……只有我叫他"爷爷"的时候，他才会有反应。他为了去我以前的小学接我放学，不知道走丢了多少次……每一次都是全家人满城跑，才将他找回来，后来家人就在他的衣服上绣上了他的名字和家里的电话。

接着他就是生活不能自理，需要别人给他喂饭、洗澡。再接着就是大小便失禁，忘记人可以走路。每天早上起来，我爸帮他穿好衣服，再将他抱到客厅坐着，中午吃饭时抱到餐桌，吃完又将他抱到椅子上，让他在外面晒太阳，然后抱他进来吃晚饭，最后又将他抱回到床上。

我想，这病的后期就是他从三十岁退化到出生吧……

这个病不致命，致命的是它的并发症和导致的一些其他危害。

到最后两年，爷爷由于长期没有活动，骨头都硬了，肌肉也没了，坐不住，坐在沙发上总是滑下来，就只能躺在床上了。我记得那时候半夜总有救护车来我家。在晚上没人管的时候，他要不就是被自己的口水呛到，要不就是突然呼吸困难，反正意外情况很多。每次抢救过来的第二天，他在医院醒来时，总是会打个哈欠，然后抓抓脑袋。这时候他已经不与任何人交流了，因为他忘记怎么说话了……

我想，这个时候的他是安逸的，因为不知道自己是谁，在哪儿，要做什么。他在一片混沌里，困了就睡，饿了就吃。我爸爸妈妈和奶奶是辛苦的，爷爷患病十年，算是阿尔茨海默病患者里活的时间比较长的了，因为被照顾得好。

我大二的某一天，家里来电话说爷爷可能快不行了。我就急匆匆地回去了，过了一个星期，家里人都觉得情况转好的时候，晚上就因为一口痰他就走了……不过很巧的是，那天晚上三个姑姑都在我们家住。凌晨，我被慌乱的动静惊醒，我们是看着他离开的，他走得也很安详。也算是结束了他这十年的恐慌、不安和苦难。

后来我梦见过他，他一个人住在老房子里，身上穿着的中山装没有一点儿褶子，扣子扣到最上面一颗，打哈欠的时候还是会伸出手抓抓头。我说："你要不要跟我住到新房子去？"他说不用了，他喜欢这里。我说："那你有事一定记得给我打电话。"他打了个哈欠，挠了挠头……我只希望他在天堂安好。

也许我再早一些长大，就可以对他有更多耐心，给他更多陪伴，让美好停留得更久一些。

很庆幸可以让你这样了解我

前不久，我和一个大半年没见的朋友吃饭。她说："我怎么感觉像是从来没有跟你分开过，好像天天都见到了你。因为在微博、抖音上，我每天都能看到你。"

回来之后，这句话就一直在我的脑海里回响，我觉得很开心，这是一件好事。

我们总是会有这种感觉，上大学之后和高中时期的闺密很少聊天了，你们的爱好、品位、价值观渐渐都会变得不一样。因为是好朋友，所以你告诉她，你开始恋爱了。恋爱的时候你忙着和男朋友恩爱，忙着交新的朋友，看新的风景。有一天，你分手了，很难过地和她说，她很纳闷儿："你们不是刚在一起吗？"因为在她的记忆里，你上一次联系她，是你跟她说你们在一起的消息。所以在她看来，就是这么快就分了。因为你没有和她分享你们恋爱的过程，她没有参与你的生活。

闺密可以每天聊天，男朋友可以每天聊天。但我不会给我爸妈发段子、拼表情包，买衣服时不会和他们商量款式，不会和他们聊韩剧、八卦，总觉得一些鸡毛蒜皮的事情也不必跟爸妈讲，好看的自拍也不会发给他们看，即使发朋友圈，也会顺手屏蔽一下他们。我会觉得爸妈看到这个自拍肯定要说我，爸妈看到我做这件事情肯定会说我，你的想法都是"他们肯定会……"

他们也许会很想知道与你有关的一切，了解你觉得很琐碎的事情，在他们看来是贴近你的一种方式。

我的朋友圈很久没有发东西了。以前，我会经常发朋友圈，但都是对家人不可见的。所以当时我每次回家，我妈就会说我怎么买这么多新衣服。其实那些衣服我都买了好久了，只是她不知道，没见过罢了。你在他们渴望了解你的时候关上了门，不仅关上了门，关上门后还埋怨他们不了解你、不懂你。

我记得小时候我总是写日记，但不是私密的日记，是共享日记。我每天写，他们会看。我总是很害羞，要求他们不能当着我的面看。因为我会把平时不说出口的话，都写在日记里。比如想养个小狗狗，今天跟朋友闹别扭了，今天因为什么而撒了一个谎，想吃什么好吃的。我爸妈看了日记，会了解我的一些小心思，他们偶尔会调侃日记里的内容，很自然地就了解了我一部分的内心世界。他们会找时间带我去吃好吃的，或者随口就问"你跟那个朋友和好了没有""我们因为要照顾爷爷奶奶，所以暂时不能养狗"。

我很喜欢这种感觉，我不用说，但他们懂。

但是越长大，秘密就越多，而在这个过程中，我们也养成了对他们"保密"的习惯。

而当我跟爸妈说了我的微博之后，像是又开通了这个"共享日记"。他们嘴上说："你玩你的，我们也不懂这些网络上的东西。"但我回家之后，发现他们每天都在刷我的微博。

有一次我回家，我妈很开心地掏出一支电动牙刷，说："喏，你用这个。"因为她看了我给张张送了电动牙刷。

她拿出电动牙刷时的那个表情，像是在跟我炫耀："你看，妈妈也有电动牙刷给你！"

这种感觉很甜。

我以为我爸看我微博的时间会比较少，没想到回家之后，我妈悄悄跟我说我爸看得比她还勤快。我发什么，他都是第一个知道的，还要装作一副不在意的样子，很可爱。

因为他们看我的微博，所以也很了解我在外地的生活，今天说"你们家米好像没了，下次回来带点儿去"，明天说"你们家东西太多了，乱糟糟的，妈妈过来给你整理一下"。

还有一次，我带了张张送的表回家，我奶奶看了，说："这个表太大了，不好看，还是之前那个好看。"

我妈就在一旁笑笑没说话。要是在之前，她一定也会跟奶奶一样，觉得不好看，会跟奶奶一起吐槽我。但这次因为她看了那个两周年的视频，知道这是张张送我的手表，知道它的来历，所以也不会去评价它。她还跟我说，她在夜里看我们两周年的视频时哭了。我在视频里哭，她在屏幕外哭。看我们的视频，她总是又哭又笑的。

我偶尔回家，奶奶也会抱怨几句"他们都不给我看你的视频"之类的话，因为她用的是老年手机，自己搜不到，每次就只能等爸妈看的时候过去蹭几眼。

还有，姑姑给我发消息，要我发了视频也同步给他们看，说我离家远，看看就好像在身边。以至于到了现在，他们还发消息问我："怎么还没有更新呀，都等着看你的视频呢。"

所以，听朋友说："看你的微博就像每天都跟你在一起一样。我每天都能在网上看到你，所以感觉像是每天都能见到你。我知道你的手表是张张送的，我知道你的衣服是一星期前买的，我知道你最近脸过敏了，我知道你超喜欢这件T恤。"

我特别开心，我很庆幸爱我的人可以以这样的方式了解我。

子凡篇

恋爱是一件时常需要自我反省的事

很多时候我们因为和自己的恋人相处久了,自然而然地就把对方当作自己最亲密的人,这没问题。

有问题的是,我对待她的方式也会有所改变。

比如说,我们刚谈恋爱的时候,是在学校。她说想吃夜宵,我就会迅速穿上衣服从宿舍下楼,就算只有半小时就要熄灯了,我俩也会跑去桥洞吃个花甲粉,再各自心满意足地回寝室。

哪怕回去被宿管阿姨骂两句,心里也觉得贼幸福,更不可能觉得这是一件麻烦事。

可是谈恋爱久了之后,她想吃夜宵时,我可能会想:懒得下楼了;懒得穿衣服了;懒得煮面、洗碗了。

一开始，我心里有点儿抗拒，可转念一想，在学校刚谈恋爱的时候我是一定会陪她的，为什么现在就那么多借口了呢？

然后我就觉得应该继续保持那种状态，那种愿意为对方做任何事，且心甘情愿不求回报的状态。

煮个面算什么，一起吃夜宵、看电影，也很舒服呀。

当然，我下楼买泡面，然后煮面给她吃，她也会自觉地去洗碗、洗锅，我们的默契度一百分。

如果我能打破自己的这种心理常态，那慢慢地，她也会跟我一样改变。

也就是说，我把这种对对方的好持续下去。

就算以后我们熟到可以肆意地在对方面前做任何事，也始终应该记住当初那个愿意为对方做任何事的自己。

我常常反省的另外一点是：我们对待伴侣的时候，该不该相敬如宾，表达谢意。

我觉得应该。

从自身出发，当我为她做了某件事，就立刻想收到她对我的谢意和夸奖。

比如说，有一天晚上我失眠了，就帮她把白天拍的视频剪好了，剪完躺到床上后我就在想："明天早上起来，她看到昨天拍的视频已经被我剪好了，肯定会特别开心，然后夸我一番，生活太美好了。"

接着，我很快就睡了。

我第二天早上一睁眼就迫不及待地告诉她，昨天的视频我帮她剪好了。

她跟我想象的一样，很开心，甚至不敢相信，然后抱着我一顿亲，可能这就是最美好的时刻了。

这就是我最简单的想法。

因为我们关系亲近，我更加觉得获得她的谢意和夸奖很重要。我很在意她的看法。

但是，在我爸妈看来，亲近的人之间是不需要说"谢谢"的。

有时候我妈帮我做了件事，我会跟她说"谢谢"，或者"谢谢老妈"之类的话。她总是回答说："跟你妈说什么'谢谢'？"我总说："就因为你是我妈，我才更要说'谢谢'呢。你把我养育成人，给了我这么多，我说句'谢谢'，不是天经地义的吗？"后来她慢慢也就接受了我对她表达谢意。

不过她对我爸又是另一种感受。

他太不会表达谢意了。

以前他生病的时候，基本上都是我妈在照顾，虽然他在酒桌上总对朋友说，是我妈救了他的命，但这句"谢谢"，他从未对她当面说过。

所以我妈总是会产生一种"我爸永远不懂她的好"的感觉。妈妈是难以启齿，爸爸是大男子主义。

总之，他们谁也没有说出那声缺席了多年的"谢谢"。唉，人都是这样的矛盾体吧？

说回我和叮叮的恋爱。

我是想说，我们（或是你们）都在感情里深深地喜欢着对方，我们可以不求回报地为对方做任何事。

但我们也需要对方表达开心和感动，表达对我们的欣赏和谢意。

这很简单，唯一的难点就在于放下自己的面子。

不管是对我们的爱人、恋爱对象，还是对父母、家人、朋友，我们都应该对他们为我们做的一切表达感谢，表达爱意。

他们可以不要，但你一定要给。

这样才算爱的可持续发展吧？

所以，恋爱中的大家空下来的时候，也许该反省下自己。

看看自己跟刚和对方在一起的时候还一样吗？许过的承诺都兑现了吗？还继续跟对方保持尊重和欣赏吗？

最重要的是，还有没有坚持跟对方说"我爱你""谢谢"。

那些生活在黑暗中的人

在一个夏天的午后，我们俩一起看了一部电影——《调音师》。

故事是说一个艺术家为了获得一些灵感，自己假扮成盲人生活，从而引发的一系列故事。（非常精彩，推荐大家观看。）

看完电影，我俩对盲人的生活产生了类似"如果没有视力，我们会是怎样的生活状态""如果没有视力，我们靠自己还能不能过上有品质的生活"等的想法。

我们就想体验一下盲人的生活。

我们在网上一搜，发现真的有盲人生活体验馆，叫作"黑店"。

当然这是一个噱头,它真正的名称是"黑暗旅程"。根据网上的介绍来看,它是一个让你体验在完全的黑暗中如何生存的地方,听起来很有意思。

于是在电话预约之后的第二天,我们踏上了"黑暗旅程"。

它的接待厅是非常小的一个门面,大概十平方米的样子。墙上挂满了之前来参加体验的顾客的合照,以及一些"黑店""黑幕"等字样的装饰画。

我们到的时候已经有其他的顾客在等待了,接待小哥建议我们在进去之前先去上个洗手间,因为整个过程大约有九十分钟,是没有办法离开的。另外,他们实行预约制,也就是说,不是我们两个人来了就可以直接进去的,而是需要六个人凑成一队,在同一时间进去。进去之前,顾客要把身上的物件都寄存在保险柜里。

在进入之前,我以为工作人员会给我戴一个眼罩或者头套之类的物件,毕竟大白天睁着眼,就算进入一个没开灯的房间,也应该能看清一些物体的轮廓,这样的话也就算不上"黑暗旅程"了吧?

可是并没有,工作人员拉开一扇门,让我们集体进入,然后关上了门。

门关上的一瞬间,我们眼前的世界彻底黑了。

不是那种晚上起夜,还看得清柜子和床的大概方位的黑,而是彻彻底底的黑,看不见一丝光亮。

叮叮紧张地拉住了我的手。这时,我们听到一个女声说道:"请大家摸着左手边的墙壁,慢慢往前走。"

因为不想透露具体的体验过程,以下为我们俩在体验完后的个人感受。

我们以前对黑暗的理解完全是误解。

在此之前,我以为在黑暗之中,我依然有对空间的感受,我能感受到我身边的物体,能分辨出方向,能直直地向前移动,当我说话的时候,我能感觉到身边有没有墙体,我身处于多大的空间之内等。

可在这次完全漆黑的体验之后,我发现其实我什么都感觉不到。

当我缓慢地行走,边走边跟小叮说话,可还是直挺挺地撞到了一面墙之后,我被震撼到了。

不可能吧,我明明睁着眼睛,明明在说话,我怎么会感觉不到这面墙给我的反射呢?

我多年以来对自己空间感的自信就这么被打破了,原来,在这样的黑暗之中,如果不用手去摸,我感觉不到任何物体。

我还有一种感受是,身体其他器官的知觉被动地增强了。

我好像很容易闻到花香,听到虫鸣和鸟叫,这一刻如果不是我知道自己在城市里,可能会觉得自己正在某条潺潺的小溪边,听着流水在我脚边流淌。

原来当我看不见的时候,我的嗅觉和听觉可以给我制造幻想。

我们走着走着,突然有一本书掉落在地上,砰的一声,叮叮吓到尖叫,我也有点儿被吓到。

我没有看到这本书,也没有看到这本书从哪里掉落,只是突然听到了它掉落的巨大声音,这种没有心理预期的刺激让我浑身一紧,汗都流下来了。

有一个环节是让我们尝试着爬进一个帐篷,我和叮叮爬了进去,坐在里面。叮叮悄悄地说:"张张,你在哪儿,我准备去吻你。"然后,我将脖子向前一探,结果和她的脸交错而过。

我以为我可以根据她的声音辨别她在哪儿,结果失败了。

原来这才是盲人的生活。原来这种黑暗,是真真切切的伸手不见五指,是在一片广袤无垠的、没有障碍物的空间里行走。

只有当我们触碰到、抚摸到、亲吻到、被绊倒、被撞倒、被牵着的时候,我们才能感受到物体的存在。当物理接触离开我们的身体时,世界又归为一片虚无、黑暗。

这对我来说是一种震撼,可对每个盲人来说,这是每天的生活。

我们了解到,原来他们跟我们一样,使用智能手机,坐地铁上下班,走斑马线,过三点一线的生活。

可就是这样简单的生活,他们过起来却并不容易。

他们要学习盲文,过马路的时候需要人帮忙,大部分工作没办法做,导盲犬数量极少……

唉,我一时语塞。

我想,"黑暗旅程"这家体验馆,值得每一个人去体验。

请对世界温柔以待

有一天,我和叮叮还有朋友去拍视频,打车返程的时候碰到一个让我很不爽的师傅。

我俩和朋友家顺路，但我俩要先下车。所以快到我俩下车的地点时我就和师傅说，在前面的路口停就行。结果师傅没有回我，到了路口的时候就径直开过去了，我赶紧拍他的肩膀说停车。

他说："你们的目的地不在这里啊。"

我说："我俩先在这儿下车，另外一个人还是要到目的地。"

他这才在开出一段路后把车停下。

这时候，我已经有点儿不爽了，我认为开车的时候师傅既要专心开车，也要注意乘客的诉求。但师傅偶尔神游我也能理解，就算了。

我俩下车后走了一段路，刚到家，车上的朋友就给我打电话，说他下车后让师傅开下后备厢，他要拿我们的相机三脚架，结果车门一关师傅就开车走了！他在后面追了一段没追上，让我赶紧给师傅打电话。

挂了电话后，我就打给了刚刚的师傅，倒是很快就接通了，我问他为什么不开后备厢并且把我们的设备带走了，他说他没听到我朋友让他开后备厢。

我气不打一处来，我说："我们上车前放了东西在后备厢，你不知道吗？这些相机设备还有里面的存储卡对我们很重要，你要么现在立刻给我们送回来，要么你说你在哪儿我们去拿，我有你的车牌号和名字，现在就可以报警。"

他说话声音很大，说他根本不可能偷我们的东西，他的车现在在充电站充电，我们要么等一个小时他充好电后给我们送过来，要么我们自己去拿。

因为他的声音很大,所以我觉得他在跟我扯着嗓门儿喊,我说行行行,你在那儿等着,我让人过去拿。

接着我就让我朋友去充电站拿,并且一定要仔细检查有没有少东西,但是不要跟他起争执,我在软件上直接给他一个差评,他以后接单都不容易,这种服务态度还是不要让他再去坑别人了。

我在打车软件上给了这个师傅差评,并写了我的遭遇。

我朋友顺利拿回了设备,这事就告一段落了。

晚上我们一起吃饭的时候,我朋友提起这事,说他去拿设备的时候也在跟那个师傅发火,问师傅为什么不开后备厢就走了,结果……师傅从耳朵里拿出一个助听器,说今天不知道怎么了,很多时候都听不见。

朋友告诉我这事之后,我突然鼻子一酸,脑子里闪过我叫师傅在路边停车他没理我的画面,朋友下车的时候让他开后备厢,他估计也没听见,所以才导致了今天这些事。

朋友还说师傅摘下助听器的时候,说话声音是正常的,一戴上助听器,说话声音就变得很大。

我……

晚上我再打开打车软件的时候,发现评价过的人是不能修改的,只好作罢,但是心里很不是滋味。

第二天早上,我又联系了打车软件的客服,告诉了他我的情况,问他能不能修改评价,他说一般不能修改,但这些情况他都会记录下来。

后来我去查了戴助听器能否开车，国家法律规定是可以的，估计这位师傅的助听器最近出了些问题，希望他能妥善修理吧。

我想跟这位师傅说一声抱歉。

有时候就算是我们亲身体会、亲身参与的事，我们也没办法了解事情的全部真相，接着我们不断把自己错误的感受放大，最后形成一个我们自以为的真相，愤愤不平地伤害了别人，这一点儿也不真实。

可能我们都该温柔一点儿。

发现当下快乐的人

有个朋友，我很喜欢跟他一起出去。

有天我们一起去买新出的葡萄冰沙，网上评价还不错。

他喝到之后的反应是这样的："这也太好喝了吧？这葡萄酸酸甜甜的，搭配恰到好处的冰沙，完全不会腻！一口下去整个人就舒服了，太好喝了！"

虽然我对这种饮料不太敏感，但听他说了之后，我也非常开心，喝的时候似乎也能喝出来他说的那种感觉。

我和这种朋友在一起，喝杯饮料都是享受。

我在厦门的时候,有个朋友是美食博主。

他也是个非常热爱生活的人。

我们一起去新疆的时候,一桌人坐在一起吃饭,点的烤羊排上得很晚,上的时候大家都吃得差不多了,也就没什么人动筷子。

他对另一个朋友说:"我教你吃这个烤羊排噢。首先你先选一块羊肉,把肉撕下来,用肉蘸一点儿这个孜然辣椒面,放到嘴里先不要嚼,用筷子夹一块这个洋葱。在新疆,这玩意儿叫'皮芽子',新疆的洋葱和咱们那儿的洋葱不一样,它不但不辣,清爽之中还带一点儿甜味儿。把羊肉和洋葱放到嘴里一起吃,你才知道什么叫人间美味,羊肉不膻,洋葱不辣,肉香味儿混合着孜然和一点儿辣,再带一点儿洋葱的回甘,绝了!"

说罢,他拿起羊肉和洋葱混着吃,边吃还边发出很香的闷哼声,不愧是美食博主。

就是这样,五分钟之后,那一大盘羊肉带着洋葱都被大家吃完了。

大家都说真香。

怎么说呢,和这样的朋友在一起,根本不用担心每天没有食欲,吃就完事了。

还有一件事。

2020年年初,武汉建立了方舱医院,全国各地的医生赶去支援。

从新疆过去援助的少数民族医生,在方舱医院里教患者们跳新疆舞的视频上了新闻。

我打开视频看了几秒,觉得鼻酸。

医生们穿着防护服,患者们戴着口罩,旁边就是病床,不知道谁用手机放着音乐,大家跟着医生有模有样地跳舞。

短短的几分钟,却让我们所有人感受到了他们的生命力。

好像在那一瞬间没有医生患者之分,疫情也并不存在,只是一群热爱生活的人聚在一起跳舞。

他们把这种快乐和信心带给了所有人。

我真心欣赏这样的人,他们总能发现生活的美妙之处,总能在各种环境之下拥有属于自己的快乐,再将这份快乐传递给所有人。

后来我就开始要求自己做这样的人,把生活细化,然后把这些细微的快乐组合起来,变成每一天的生活。

做一个热爱生活的人听起来很难,因为我们很难爱上那些广博的事物和抽象的画面,经常幻想未来可能拥有的美好事物,却忽略了当下的自己。

但热爱生活其实很简单,爱上一杯葡萄冰沙,爱上洋葱和羊肉在口中混合的味道,这些简单的事物不用耗费太多精力,就能让我们感到幸福。

所以,我们大可不必去追逐那些遥不可及的梦想,不必用充满未知的未来来满足现在的自己。

而是要转头回到当下,拿起手边的咖啡,去感受这一秒最真切的快乐。

说了这么多,我大概就是那种非常享受当下的人。

如果今天快乐,我就不会去想明天。不行了,我得去喝杯冰沙了。

恋爱中的甩锅问题

有那么一段时间,我和叮叮经常吵架。

我们每天都吵,每次都凶,虽然没闹到分手的地步,但这样吵着,谁都会觉得疲惫。

我们时不时就会有这样的一段时间,吵几天,然后和平相处一个月,再吵几天,再和平相处几个月,如此反复。

这几天,我们干什么都能吵起来,走到哪儿都吵。

好在我们都对吵架比较自觉。

假如这次吵架闹分手,她准备摔门而去,我就跟在后面把她拉回来,哄她,然后和好。

下次吵架的时候,我就像是有了摔门而去的权利,我跟你谈不下去!我走了!

她就会来拉我,或是给我打电话,直到我们聊到和好为止。

但也不是每次都有一方服软,有些问题就是我们俩都想争个明白。

那家伙,行了,你方唱罢我登场,你说你的我说我的。

毕竟我们谁也不是辩论选手,还真谁也说不过谁。就算自己的道理再有利，对方不听也没用不是？

其实如果她跟我服软撒娇，我大概率也是会随着她的，但她脾气倔起来的时候像头小毛驴，她根本不可能撒娇。

于是慢慢地，我们就形成了一种默契——吵架到白热化的时候，我或者她就会想，可以开始找一个共同的台阶了。

共同的台阶就是，我和她都把吵架的原因归结到某件事或者某个物件上。

也可以说是把错误推给第三方，这样两个人就都没错了，也就不必再吵了。

拿我们的某一次吵架举例。

我忘了我俩是因为啥开始吵的，反正最后的僵局是：两个人坐在车里互不搭理。

空气凝固得久了，我突然想到之前从宁波回来，她奶奶送我们的挂在车里的佛像被我放到了手套箱里。

我转头看看她，她背朝着我，也不哭，就那么侧坐着。

我就伸手从手套箱里拿出了那个佛像，准备挂到车上。

她微微转过头，抬眼看了看佛像，又看了看我，随即转身，伸出手开始打我的肩膀，一边打一边说道："我就说让你好好挂着这个佛像吧！最近老吵架，吵爽了没？哼！"

我说："爽了爽了，我以后再也不会把这个佛像取下来了！"

她一把搂住我，我顺势就把她抱住了。

这次吵架就顺利结束了。

这样的方式能很快地解决一次吵架。

反正都是要和好的,这次吵架也不是我们中任何一个人的错,是第三方的错!那还吵什么呢,早和好得了。

而且因为挂上了佛像,接下来的几天我们也有了心理作用,觉得有佛像庇佑,更不会吵架了。

你们也可以试试下次和对象吵架的时候,找一个你们之间共同的台阶顺势而下。

说在最后:

虽然这种方式可以有效地解决一次吵架,但不能解决一个问题。

所以当两个人和好,隔了那么几天之后,就应该心平气和地坐下来,把吵架的问题说清楚,而不是随它去。

否则这个问题很有可能会成为一个心结、一次积怨,再次爆发只是时间问题。

这应该算感情里的小窍门吧?

替换推理式约会

我之前跟朋友聊天。

他说他也知道自己是个大"直男"。

有时候想像网上说的那样对女朋友好,但苦于不知道该如何行动。

我想了想，帮他总结了一个对女朋友好的方法。（其实我自己就是这样做的。）

我给这种方法起了个名字——替换推理式照顾女朋友。
哈哈，这名字真难听。

我们现在假设一个场景：
你和女朋友约了今晚八点看电影。
你们各自从自己家出发，在电影院碰面。
你需要做的就是站在女朋友的角度，思考她可能需要什么，然后提前替她准备好。

电影八点开始，女孩子肯定需要提前在家收拾、化妆。
所以你大概六点可以发信息提醒她开始准备。
电影院离她家的距离是打车二十分钟，看电影又需要提前十分钟入场。
你可以在七点二十的时候给她叫一辆车，让她准备下楼（如果她家附近不好打车，建议你提前约好车）。

这时候你可以比她早到电影院，做一些准备，比如取好电影票，买两杯饮料以及爆米花。
买饮料的时候，你要考虑她是否处于生理期，能不能喝冰的。
如果你不确定，那就买常温或者热的最保险（奶茶或者果汁）。

接下来就看你们这场电影是不是 3D，需不需要准备 3D 眼镜，因为厦门这边很多电影院都是需要购买3D眼镜的。

这些都准备好了后,你最好再买包纸巾,万一女生泪点低或者需要去洗手间,你都可以从容地拿出纸巾。

另外,你买爆米花的时候顺手买点儿口香糖,毕竟看电影时两个人坐得很近,提前吃颗口香糖能加印象分。

你做好这些准备后,她差不多就到了。

她到之后的场景大概是这样的:

她说:"哎,你提前到啦,不好意思,我来晚了。"

你说:"没事,没事。"

她说:"电影票取了吗?"

你说:"早就取好啦,给你买了热奶茶。"

她说:"刚好我今天生理期,不能喝凉的,谢谢你呀。"

进门的时候,工作人员说:"先生,观看3D电影请自备3D眼镜。"

你说:"我已经买了,在这儿。"

她说:"我突然想去下洗手间,哎呀,今天忘带纸了,我去买下纸。"

你说:"我这里有,你快去吧,我在这儿等你。"

怎么样,是不是显得你从容不迫,准备好了一切?

其实这些都是小事,这些准备也不需要花很多心思,但就是能让女生觉得你很细心且靠谱。

你做好这些准备的方式,就是把自己代入一个女生的视角,去想她做一些事可能会遇到什么样的问题,提前替她把可能发生的问题解决。

做好准备，你也就会变成一个非常细心的男朋友。

其实女孩子想要的很简单，你替她考虑得多一点儿，她爱你就会多一点儿。

这大概就是情侣之间的相处之道吧。

我们喜欢的长沙

我跟叮叮去过长沙两次，每次都流连忘返。

我们不是那种特别爱折腾的人，所以每次去一座城市，不会专门为了某种美食或某家餐厅而跑一趟，一般都会选择酒店附近的餐厅随便吃吃。所以，我们对各地的美食没有特别大的执念，随缘。

直到我们去了长沙。

忘了第一次是什么原因去的，去了之后，我们就在民宿附近找了家普通的湘菜馆。

我们点了一份辣椒炒肉，一份土豆烧豆角，两碗米饭。

辣椒炒肉拌着米饭下肚的时候，我被震到了：好辣！但是好香！这么简单的一道家常菜，怎么可以炒得这么好吃？

我把菜里的汤汁拌在米饭里，每一个辣椒都不被错过地吃下，最后还要把米饭倒到盘子里，一扫而光。

我和叮叮都觉得，这是我们吃过的最好吃的辣椒炒肉。

剩下的两天,我们就开始按照网上的推荐,去找各种好吃的餐厅、好喝的奶茶。

小炒黄牛肉、口味虾、剁椒鱼头、爆炒田鸡、芋泥排骨、红烧米豆腐、梅菜扣肉饼、臭豆腐以及陪伴每道菜一起下肚的幽兰拿铁(茶颜悦色),每一个我们都没有错过。

我们就这样爱上了长沙。

但好吃的并不是我们爱上长沙的全部原因,更重要的原因是人。
我们在长沙遇到了很多人。

坐出租车的时候,我跟叮叮聊到在网上买喜糖的盒子,说等盒子到货了再去买糖。

司机师傅特别热心,操着一口长沙普通话接话道:"买喜糖的话,要去××市场(我没听清),那里的糖又好吃又便宜,按斤买就可以了。"

我和叮叮没告诉他我们是外地人,回答说:"好嘞,过两天我们就去看看。"

师傅接着说:"买喜糖是好事,男孩子要多买一点儿,买好的,给邻居们也分一些,要让女方的家人觉得你很重视她,他们才能放心把女儿嫁给你。"

我们吃麻辣烫的时候,摆摊的大哥说:"我这个麻辣烫在这个路边摆了十三年了,绝对好吃,这附近的人都吃我家的麻辣烫!"

他的老婆在旁边捣鼓着锅里的菜,摇摇头微笑。

他两岁的儿子在旁边摆弄着香油,递给叮叮一瓶,似乎在说

"要加香油才好吃"。

下地下通道时,我们遇到了一对中年情侣,五十岁左右。

大哥搂大姐的姿势就跟小情侣似的,胳膊越过她的肩膀,把她整个人搂在怀里。大姐一边笑一边说:"大街上别这样子,回家再闹!"

两个人就这样一路向前走,我和叮叮在后面看着,觉得特甜蜜。

我们去吃了网友推荐的非常有名的小龙虾,味道很好。吃饱喝足之余,我们开始看墙上的电视上放着的宣传片。宣传片里说,这家店是由三兄弟在三十五岁之际一起开的。

视频里详细地说了他们三兄弟是什么分工,有一位在深圳,剩下两位在长沙,一位负责做菜,一位负责在前台对接食客。每个人都有自己的分工,合作无间。

不知道为什么,我觉得很有意思。

大概其他餐厅都忽略了和大家分享餐厅的故事,食客们只是过客,吃完就走,也就没什么情感连接。这家餐厅有点儿不一样,他们愿意跟食客分享自己的故事,分享每一个员工每天都在做什么,甚至分享每一只小龙虾在上桌前要经历多少个步骤,我看完就觉得认识了这家餐厅,它变成了一家我熟知的餐厅。

我侧一下头,就看见对接食客的那位先生站在吧台前,笑盈盈地和顾客说着话。

我们在长沙遇见的很多人都是热情又识礼的,感觉不到那种陌生人之间的距离,好像原本我们就相识一般。

这大概就是人们常说的一座城市的活力吧!

要离开的时候，我们会觉得，好像不久之后我们就会再来。

人生尚有来处

我妈几乎没在我面前哭过，我印象比较深的一次，是我考上大学那年，她陪我来厦门。

临开学的前一天她要回去了，我送她去机场。走到安检门前，她说："儿子，好好上学，照顾好自己。"

那时候我还没心没肺地说："妈你放心吧，给我打够钱就行，嘿嘿，一路平安。"

她也笑了笑，转身往安检门里走，我低头看了下手机，再抬起头的时候，她已经把包放到传送带上，走进了安检门。

工作人员在对她搜身，她举着手臂转过身来，我看到她的眼睛特别红，见我在看她，她笑了笑，抹了下眼角，跟我挥了挥手。

那一瞬间我鼻子泛酸，在我妈面前，我的眼泪真的控制不住。

儿行千里母担忧，自那之后，我每天都会给她发条信息报平安，一直到现在。

村上春树说："我以为人是慢慢变老的，其实不是，人是一瞬间变老的。"

人的衰老是一个过程，但察觉到这个过程只是一瞬间。

以前我的梦想是赚很多钱，买大房子、跑车，走遍这个世界的每个角落。

现在我的梦想是赚很多钱，把爸妈、家人接到身边，每一天都能见到他们，每一天都和他们一起度过。

他们需要我的时候，我在；他们需要其他东西的时候，我能给他们最好的。

父母在时，人生尚有来处；父母不在时，人生只剩归途。

爱的通道

朋友强哥有段时间住在我们家，每天晚上都和他女朋友聪聪视频很久。

作为一个旁观者，我真的看不明白他们为什么视频。

两个人各自做各自的事，一个在加班，另一个在玩游戏，可能十分钟也说不上一句话，但就一直开着视频，偶尔说一句话。

我很想问他们为什么不关视频，话到嘴边又忍住了。

我仔细想了想，好像我和叮叮不在一起的时候也是这样。

我自己在家的那几天，从刷牙就开始和叮叮视频，一直到我们其中有一个人要睡着了才会关掉，有时候我听着她睡着后的呼吸声，也舍不得关掉。

打开视频没什么目的，只是想看看对方，各自做各自的事，不会觉得无聊或者尴尬，反而安心又舒服。

看综艺节目的时候，章子怡等人也会在一天的活动结束后，回房间和老公视频，讲讲自己今天玩了什么，有什么想抱怨的。

我觉得很真实。就算她们结婚了很多年，感情稳定，也有了小孩，但当她们在爱情里时，也都只是和爱人分开之后，因为想念而要和对方视频的女孩子。

我不得不感叹爱情的奇妙，让世间男男女女都为情所困，为爱放下身份。

不管我们在世界的哪个角落，打开视频，就像打开了一条通道。

我们依然可以一起刷牙，一起洗脸，一起睡觉，以另外一种方式而已。

在每一段爱情里，我们都只是爱着对方的普通人。

所以，理解你身边那些经常和喜欢的人视频的人吧，他们也只是太爱了而已。

恋人的本质作用是互相安慰

2019 年年末，我和叮叮去检查了身体，我这里发生了一些不太好的情况。医生很确定地告诉我，我的腰椎有一节断了，算是腰椎二度滑脱，必须手术。

因为抱着一点点侥幸心理（也许不用做手术），我们又去看了一个专家门诊，那里的医生也说，我确实需要做手术。

我俩互相安慰了一下，哎呀，手术肯定是要做的，早做早好嘛，还是问问大概需要多少钱和住院环境吧。

医生说公立医院的病房都是随机安排的，两人间到六人间都有，住院的时候才会知道住哪间，也可以选择单独付费（一个比较高的价格）住单人间。

我俩一合计，单人间有点儿贵，两人间或四人间应该都还好，反正就十天，总不至于分配到六人间吧？

于是，我申请了入院，随机分配病房。

办住院手续的时候，我们问了一下这几天的安排，护士说医生每周二、周四做手术，这几天住院就先开始做检查。

我们一商量，那意思是做完检查是不是还可以出去看个电影啥的，又开始进入侥幸状态。

办完手续，护士带我们去看病房。

竟然真的是六人间。

我们又是一通互相安慰，算了，手续都办好啦，虽然是六人间，但还有个小窗帘不是？有个小沙发晚上可以变成折叠床，稍微整整也不错的。再说，等会儿说不定还能出去看个电影，挺舒服的！

护士："晚上九点熄灯锁门，明早五点抽血，然后还要拍三个片子，你们就安安心心地住下吧。"

我俩对视一下，一起苦涩地笑："好的，没问题！"

六人间确实很难保证睡眠质量，降噪耳机也没法掩盖旁边大爷的呼噜声。

十点多的时候,叮叮说饿了,我说那怎么办,要不去问问护士?

我们出门找到护士,她说可以点外卖过来吃,于是叮叮点了麦当劳……

我就站在医院的走廊里,陪她吃了一对鸡翅和一个派。(我要验血,得空腹。)

她说:"真香!唉,可惜某人不能吃,要不这小鸡腿我就留给你了。"

我:"……"

晚上睡之前。

叮叮说:"张张你看,你可以把手从这个栏杆处伸出来,然后还是可以给我抓痒痒!"

我说:"谁是病人来着?"

因为有对方在,遇到困难的时候,两个人互相一安慰,似乎耐受能力就提高了一些。

虽然生活总是在各种地方以各种方式让我们失望,但抱着希望去面对它,总是会快乐一点儿的。

PART 03

恋爱招待所

恋爱招待所 001

问题：在恋爱中你们是如何做到有效沟通的？

叮叮：

其实我们俩平常也会有一些无效沟通，吵架啊、争执啊，这在情侣生活中是不可避免的。

他在吵架的时候，会完全忘记自己有多爱我，很随意就说出一些伤人的话。我们俩沟通最有效果的时候，就是在睡觉之前！因为每个人在睡前都处于一个很放松的状态。而且我们俩都觉得，一天里最舒服的时候，就是和对方一起躺在床上的时候。有效沟通，重要的是沟通，而不是简单直接地指出对方的缺点。因为大家很多时候会觉得"沟通"就是彼此有意见的时候，但其实不是这样的。这样的沟通如果没有选择好时机，就会让对方觉得自己在被责怪。真正的有效沟通是我们一起解决问题，而不是单方面的。

第一，有效沟通就是要在一个合适的时机，在双方都平静的心态之下进行。第二,就是不要去责怪对方,而是双方一起面对问题。网上有句话说得很好:"我们之间不应该是我和你,而是我们和问题。"第三,沟通的方式和方法是拉开两个人之间的距离,以平等、互相尊重的方式来沟通。还有就是,双方都应该是讲道理的人,如果你跟一个不讲道理的人谈恋爱,就没办法进行有效沟通了。吵架时就应该先哄好女朋友,再慢慢讲道理。一般来说,爱你的人都会愿意跟你沟通。

张张:

当大家的情绪到了一个点的时候,就很容易说出一些没有意义、伤人的话。我们的有效沟通一定是建立在一个平等、心平气和的环境之下的,任何一方都不能在波动的情绪之上。所以,有效沟通的第一要点,就是双方都要冷静。睡前两人一起躺在床上的时候,就很容易开始闲聊,聊着聊着,就会聊到一些很深刻的东西,而且谁都不会生气,就很舒服。

当我想要跟叮叮进行有效沟通的时候,我会把她当作一个与我不那么亲近的人,拉开我们的距离,以一种相敬如宾的方式来沟通,这样她应该能更好地接受我所说的话。比如我会以这样的方式说:"叮叮,今天吃饭时你说的那句话,我觉得挺伤人的,虽然你可能也是无心之举,但确实不该这样说……"稍微礼貌一点儿,叮叮就不会觉得那么刺耳,也就更容易接受了。两个人在一起久了,就很容易给亲近的人带来伤害,这时一定要注意分寸,更客气、更礼貌一些。其实女孩子们也都是讲道理的人,只是男生们讲道理的时机不对。而且,爱你的人都愿意跟你一起进步。

恋爱招待所 002

问题：如何和自己的父母说要和男朋友或女朋友同居？

叮叮：

我觉得不能直截了当地问父母能不能同居，我们两个就是顺其自然地到现在这种状态的。

你不能直接这样跟他们说，要有个循序渐进的过程。首先要把他的基本情况告诉你的家里人，然后再去展现内在。就像张子凡之前写了一篇关于妈妈的文章发到网上，我妈看了，回家之后她和我阿姨都跟我说："哎呀，张子凡这个小伙子不错啊。"我的家人对他的好感度一下就提高了很多，觉得他很有孝心，也很有责任感。还有一些日常的相处，或者是对方对你的好或者是对方的闪光点，你可以直接跟父母说，也可以从侧面让他们知道对方是一个靠谱的人，或者拍一张他做的饭的照片，然后就说"哎呀，某某某今天给我做饭啦"，潜移默化中让父母觉得这个男孩子很好，或者这个女孩子很贴心。我觉得父母的阅历肯定是比我们要多的，所以他们看人相对会比较准，见面相处时的那种感觉，就能直接明了地让他们知道这个人是否靠谱或者是否适合你。

关于同居，许多女生包括我们的父母，最担心的一个问题就是性方面的问题。很重要的一点是：就算不同居，我们也存在性方面的问题。我觉得，这种事情自己取舍就好啦。但是大家一定要爱护自己的身体，特别是女生，男生也要保护好女生，保护好自己。但是，与你同居的那个人不能是已婚人士，这样是违法的。

张张：

我在网上看大家的评论，其实大家都是通过顺其自然的方式来让父母知道的。我们的父母对于一个陌生的人（儿女的恋爱对象）的初步了解肯定是充满了质疑和怀疑的。比如，你第一次跟你妈说："妈，今天我跟一个男生谈恋爱了，我要和他住在一起……"那你父母肯定就直接生气了，根本不会听你往下说了。那首先就是要跟父母做最基本的沟通，告诉父母你们两人各自的条件，比如，"妈，我今天跟一个男生谈恋爱了，他是一个……"（他在什么公司上班，收入大概是多少……）然后妈妈就会知道，噢，有这么个人和你在接触了，那就好了。接着就等过一段时间，你再和你的父母聊对方的内在。你的父母开始慢慢了解他是什么样的人、你们的接触过程、他对你好不好之类的方面。我也是这样，有一次我中暑了，叮叮发的视频里有照顾我、下楼买药、给我量体温等内容。我妈看了，就跟我说："哎呀，你家叮叮把你照顾得不错呀。"比如，今天发一条朋友圈"谢谢某某某给我送的小礼物""谢谢某某某今天对我的照顾"……哪怕你设置仅父母可见也行，虽然他们可能不会去点赞或者干吗,但他们一定会看到的。

经过了半年或一年,你爸妈就会说:"哎,你这次回来怎么没把那谁带回来啊?"就是因为他们对这个人已经有一些了解了,知道他在生活中对你很好,他们就会让你把他带回来见见。那就说到我们的下一点,就是要带回家给父母把把关。你的父母通过网上的或者是你的只言片语了解到这个人,需要亲自见见这个人,跟他吃饭的时候聊聊天呀,看看他平常会不会收拾、打扫呀,会不会做饭呀……如果这次见面很顺利,那大家就会形成一种情感的连接,之后你的父母可能就像我们的父母现在这样:"叮叮,今天家里面摘了些杨梅,你和张张拿去吃呀""儿子,你们吃饭了没?没事就发点儿你和叮叮的照片过来给我们看看嘛"。这就是一个顺其自然的过程。

关于同居,我们国家在法律上对于同居这件事情,就是不支持也不反对。所以在你们两个同居的时候,如果发生了一些问题和纠纷,可能法律不会保护你们的同居关系。同居不像结婚,如果是结婚的话,法律会保护你们的婚姻关系,同居是不会的。但是这件事也不违法,如果你跟这个人有结婚的意愿,那你们可以尝试婚前同居。

好了,那我现在来总结一下:第一点,我们不能直截了当地去说,不要急于求成;第二点,先让你的父母知道他的存在,了解他叫什么名字,家在哪里等基本信息;第三点,让你的父母深入地了解他,了解他是否有上进心、责任感等;第四点,将他带回家,让你的父母帮你把关,建立你们之间的情感连接;第五点,在性方面做好取舍。

恋爱招待所 003

问题：男朋友爱玩游戏怎么办？

叮叮：

我觉得首先要判断一件事：你的男朋友到底是"沉迷"于游戏，还是只是单纯爱玩而已。我哥念高中那会儿就是疯狂打游戏，然后我爷爷奶奶都是跑到网吧去找他，把他带回家。我们的建议是：如果你的男朋友属于沉迷的话，你就得跟他认真、严肃地谈一下，谈不成的话就不要在一起了。如果他只是普通的爱打游戏的话，那我们今天会提一些小建议。

过度管控只能适得其反。《X战警》里面的暴风女说："他们没有消失，他们只是变得比以前更会隐藏了。"其实有一个办法，就是和他一起玩游戏。就像我玩的那个游戏，把张子凡吸收进来之后，把我们身边的朋友都吸收进来了，我们还组建了一个战队一起玩。

那如果说女生实在不喜欢玩游戏怎么办呢？其实我觉得女生也一定会有某种爱好是男朋友接受不了的。比如说女朋友爱逛街怎么办？女朋友爱刷小红书怎么办？女朋友爱逛淘宝怎么办？女朋友爱办会员卡，然后又不去怎么办？

我觉得女生最讨厌的是你在打游戏的时候完全忽略了她，比如说你在玩游戏时，她给你打电话不接、发消息不回，像是消失了一样，我觉得女生其实最怕这一点。所以说，就是你不管做什么事情，都要留一个小空间给你的另一半，做这件事情时虽然很投入，但你还是能想到对方在等待自己，也就不会发生这样的问题了。

张张：

因为我现在游戏玩得很少，相反是某些人（叮叮）玩得很多，我觉得我应该是那个提问的人："为什么我的女朋友这么爱打游戏？晚上打游戏打到凌晨三点都不睡觉，还要让我帮她通关怎么办？"

沉迷这件事情就是看时间了，如果每天玩游戏的时间在三小时以上，那绝对算得上沉迷了，但我觉得男生大多会经历这么一个过程。我觉得女生不能"过度"地控制男朋友，比如，今天我想去网吧玩会儿游戏，叮叮态度非常强硬地说："不行！你绝对不能玩，你怎么能玩游戏呢？"那这种情况下，我就会觉得我的女朋友管我好严，只是偶尔玩一下都不行。接着，我可能会产生一种要瞒着女朋友去玩游戏的想法，之后就会想办法偷偷地去玩。就是那种表面上看他是没有玩游戏，他只是变得比以前更会隐藏了，偷偷玩游戏了。所以，女生应该让男朋友适当地玩游戏，不要过度地控制对方。我建议大家掌握一个最好的方法：跟他一起玩游戏。女生如果有一个游戏能跟男朋友一起玩的话是很好的,一方面你们有了更多的共同话题,另一方面你们可以一起消磨时间。

另一方面,女生如果有一个自己的兴趣爱好的话,双方就形成了一个平衡。这样你们就可以每天设立一个时间,比如晚上七点到九点,男生可以打游戏,女生可以去逛淘宝、刷微博,两个人待在一块儿就好了。那还有一点呢,男生如果要打游戏,其实是应该向女生提前告知一下的,比如说:"老婆,我开始玩游戏啦,我们几个人在网吧,可能要玩到九点或者十点,这期间回消息会比较慢。"

说实话,每件事情都很重要,没有什么游戏比女朋友重要或者女朋友比游戏重要,游戏与女朋友是完全不相干的。只是说游戏占用了时间,但是女朋友问你的时候你又没回复,女朋友就会觉得没有安全感。

我相信大家看到这里,心里面都有一个答案了,我们也希望大家能处理好这种关系,都能尊重对方的爱好,这样就好了。

恋爱招待所 004

问题：恋爱时的经济问题到底怎么解决？

叮叮：

以前我遇到的男生啊，刚在一起的时候……男生一开始肯定会比较大方，他们会主动地去买单。我之前也说过，在还没有确定关系的时候，我是不喜欢男生买单的，因为我会觉得我欠了他什么。所以，我是会这样，我们一起看电影，你买了电影票，那我一定会去买一杯奶茶或者是其他什么。

我看评论里面有人说这叫 AB 制（男生出大头，女生出小头的消费方式），不是 AA 制（各人平均分摊所需费用的消费方式）。AA 制就是说我跟你一定要算得很清楚，再来平摊这个钱；那 AB 制其实就是说你为这个买单，然后我为近似价值的一个东西来买单，那我们的心理上就会平衡很多。

互相了解对方的经济状况之后，因为我们俩那段时间是同居状态，所以我们对彼此的经济情况和收入情况还是比较了解的。比如说我知道他的月收入是五千元，那如果我们今天出去约会吃了五百元的大餐，我就会觉得对于他的经济收入来说是比较高的一次消费，那我就会跟他平摊费用。如果说我们今天吃饭花了一百元，那我就让他去买单了。

在你们准备订婚或结婚时，这个问题其实就是看两个人的消费观和价值观是否一样。在钱的管理上面，你会经常去预支未来的钱，但是你没有算好未来的收入，是我的话，我会算好我未来会收入多少钱，再去衡量我买这个东西值不值。所以，从我们俩的消费观来看，张子凡是留不住钱的，哈哈哈哈。

我想说的是，我们现在这样做，不是因为一直以来大家所说的钱要上交给老婆的传统，而是基于我们的价值观和理财观所决定的钱放在谁那里。其实我觉得谈恋爱就是要走心，你又不是跟金钱谈恋爱。钱这方面的事情都好谈，只要你们互相喜欢、尊重、理解就行了。

张张：

我觉得这是很多人很关心的一个问题，经济问题在恋爱中其实是分为几个阶段的，从刚开始谈恋爱，到互相熟悉，再到我们俩现在这种要订婚或者结婚的状态。

阶段一：刚开始谈恋爱时。

叮叮就是那种很直白的女孩，别人都是"呀，怎么好意思让你付钱啊"，但她是"不行，你绝对不能付，张子凡你等会儿，我给你转钱，多少钱？一百二十二块五？行，我给你转六十一块二毛五"。真的很夸张，但这样反而让我心里也没什么负担了。我觉得这就是最经典的一个方法，在消费的时候，男生去付一个大头，然后女生来付小头。

其实也不用那么清楚地算，今天吃饭花了一百元就一人付五十元，而是我付了一百元的饭钱，那她可能就会花八十元去买两张电影票，或者是我花了六十元买了两张电影票，那她就会花四十元去买两杯奶茶，大家有来有往就好了。但是我很不喜欢的一种人就是，有一种女生，我们一起出去时，她会觉得你是男士，你就应该付所有的钱，那种感觉……

阶段二：互相了解对方的经济状况后。

互相了解了，就会互相体谅。比如说有段时间我收入比较少，她收入比较多，快到月底的时候我没钱了，也不好意思去向父母要，然后叮叮主动说道："这几天我养你，吃饭我请客。"我当时觉得很温暖，我有了父母之外的一个新的依靠，不管是我对她，还是她对我都是这种感觉。不会去问"你没钱了，要不要我借你钱？"这种容易让对方感到尴尬的问题。

阶段三：准备订婚或结婚时。

到了现在这个阶段，我们就做了一个决定，共同成立了一个小金库。通俗点儿说，就是钱上交给老婆了，哈哈哈哈哈。概念是不一样的，比如说我这个月一共赚了八千元，有五千元的盈余，我就将这五千元给叮叮，存在她那里，她也会拿出五千元放到这里面。这样，我们的小金库里就有了一万元。

如果你男朋友是会计，是一个财务管理者，那你将钱交给他完全没问题，谁更会理财，就将钱交给谁。我们俩会在有比较大的花费的时候，直接从共存的钱里面拿出来去付了。

恋爱招待所 005

问题：恋爱中如何保持新鲜感？

叮叮：

我是很需要新鲜感的。你不要一股脑儿地把你的所有特长告诉对方。就像我们在一起一段时间之后，我发现你还会某项特长，我就会问你，你之前怎么没有告诉我，我怎么都不知道。然后你就说，没有必要一开始就告诉你啊。不是说刻意地去隐瞒，只是说有所保留，保留一些神秘感。

但是我现在太了解你了，所以这种方法只能在恋爱初期使用。时间长了之后，你就得学习新的技能了。这也算是两个人一起去解锁一个新的领域。

我觉得还有一部分，就是适当的小吵小闹也是可以维持新鲜感的。

对！还有仪式感也是我们一直认为的很重要的一件事。希望能帮到大家。

张张：

我在网上看到过这样一句话："恋爱不是和不同的人做一样的事，而是和同一个人做不同的事。"听起来有点儿绕，但其实重点就在于，很多人会觉得谈恋爱只是吃饭、逛街、看电影，腻了就选择分手，再换一个人去吃饭、看电影。但谈恋爱应该是和同一个人吃不同的饭、看不同的电影。

我想了一个办法，就是适当地有所保留。我不会一股脑儿地把自己的特长都告诉你，我会慢慢地展现在你面前。就比如说，我会唱跳、rap（说唱）、篮球，但是我不会一开始就告诉你。我说"我唱歌挺好听的，我们俩一起唱歌吧"，然后你会觉得我唱歌挺好听的，还不错。过一段时间，我再说"哎，我跳舞也不错"，然后我们一块儿去跳舞，慢慢让你发现我的不一样。这样的话，对方就会不断地去发现，他还能做这个，他还可以做那个，新鲜感就会一直在，就会很想去探索。

下一步，你就是要开始学习新的东西。拿我自己举例就是，我跟叮叮在一块儿之前，我真的没有怎么做过饭。我们在一块儿之后，我慢慢就产生了学习做饭的想法，然后我们俩就经常研究怎么做一道菜，叮叮也在旁边陪着我。相当于我学会了新技能，然后她也觉得我有了一个新的特点。就是两个人一起去探索新的东西，比如说一起玩游戏，一起去旅行，一起去学习新鲜事物。就像剪视频这件事，一开始我们剪得都很差劲，后来我在网上看到很好的视频时就会说："哎，你看这个人剪得很好看，我们也可以怎么怎么设计一下。"然后叮叮一看，确实不错。那我就去学，我们就会觉得对方是一直在进步的。

有一部电影叫《史密斯夫妇》,他们两个就是结婚很久了,结果某一天发现对方是间谍,然后吵架、打架,结果打着打着突然觉得对方好有魅力,然后就有了新鲜感。就是肯定要有一些新的东西、一些不同的状态出现,才会让感情维持在一个新鲜感上。感情的这种波动,就让它波动,就让它起伏好了。

还有,陈小春和应采儿也说他们每年会有七天的时间各自出去玩啊什么的,互相产生新的东西,再汇集到一起来,就会有新的感觉。保持新鲜感的另一个很重要的方法就是保持仪式感,比如说我们俩在一起的纪念日,就算我们在一起三十年之后,一起过了很多个纪念日之后,我也会一到那天的零点,就对叮叮说一句"叮叮,纪念日快乐",让她知道我是记得这件事情的,她就会知道我是一直爱着她的,这就是一个很特别的保持新鲜感的方法。

恋爱招待所 006

问题：男朋友的心事不愿跟你分享该怎么办？

叮叮：

我觉得首先是要分析男生为什么对你隐藏心事。我跟张子凡刚在一起的时候，他也不是一个会跟别人敞开心扉的人。我们在一起之后，我遇到什么事情都会告诉他，因为我觉得情侣之间最重要的就是坦诚。如果你想让他对你敞开心扉，那你就先要对他敞开心扉。你先对他敞开心扉，他可能会慢慢感受到，然后也会慢慢地对你敞开心扉。

还有就是，你不一定要让他主动说出口。你可以问一次"你怎么了"，但是如果他不告诉你的话，那你就不要再问了。有些事情真的没有必要让他自己直接开口对你说，因为说出来可能那个感觉就变了，他不想说的时候你就不要逼他说。我记得有一个段子，女生日记："今天他怎么了，怎么不理我，他是不是有别的女人了，他是不是不喜欢我了"；男生日记："今天，我最喜欢的球队竟然输了……"这说明，有些时候事情其实没有那么复杂。

我又想到一个点，当他第一次跟你说他的困境时，你一定要认真对待，如果你没有在意，或是你表现出一个很消极的态度，那么他下一次就不会说了。

总结下来呢，就是：第一，要看对方为什么藏着他的心事；第二，你要先对他敞开心扉，他慢慢地就会对你敞开心扉了；第三，不要猜忌和怀疑以及过度反应。这样，问题应该就能得到解决了。

张张：

我结合自身的情况想了一下，有两个原因。第一个就是男生其实是自尊心比较强的，有一些问题可能不大不小，我怕我说出来，你会觉得我怎么这么没用或者怎么这种小问题也要跟女朋友说。我也不知道什么是该跟你说的问题，什么是不该跟你说的问题，所以我就不敢跟你说。第二个就是责任感，我觉得男生就是要很有责任感才可以。很多事情发生了，我会希望自己去解决，不会选择告诉你。就像我们看了很多超级英雄题材的电影，世界要毁灭了，那我要拯救这个世界，我可能不会选择让老婆知道，其实主要就是不想让她担心吧。

敞开心扉，其实就是一个时间的问题，女生很多时候在想，为什么男朋友不告诉我他的事情，其实你可能也没有主动告诉他你遇到了什么困难。

我们男生非常希望对方了解自己，有些事情可能就是他不好意思去主动说，不好意思说他遇到了什么问题。如果你对我说："张张，我知道你借别人钱，要不回来也没关系的。"这样一讲，我就会立马放松下来,并谢谢你理解我。其实我想到了一个很好的例子,就是我和叮叮看《复仇者联盟》第四部的时候,钢铁侠一直惦记着去拯救世界,觉得很对不起小辣椒,毕竟这么多年过去了,都有孩子了,然后小辣椒就直接主动地说了她的想法。那一幕真的太感人了,小辣椒说:"如果你不去的话,你一直都不会安心的。(潜台词:你就是这样一个人,我太了解你了。)"我觉得如果是我的话,我可能会抱头痛哭。如果能遇到一个真正了解自己的人,就会觉得三生有幸吧。

　　回到问题上来,不管是女生还是男生,都要主动去为对方想可能会遇到什么样的问题,然后该怎么样帮对方解决。很多时候你可以观察他的反应,比如他今天在学校里面打球输了心里很难受,那你就可以说"没关系啊,输球了咱们下次赢回来"。

恋爱招待所 007

问题：叮叮和张张的暧昧期有多久，你们是怎么跨过暧昧期，进入下一阶段的呢？

叮叮：

我们的暧昧期好像挺短的。如果是想从暧昧期进入恋爱期的话，肯定是要有一方说出来的。张子凡在我们暧昧的时候，有一次他跟朋友去武夷山，突然发了一个小视频给我。画面是他一个人在山顶大喊："丁钰琼，我喜欢你！"我觉得那应该算是他的表白了吧，那天之后，我们自然而然地就……

我一直觉得暧昧期其实是两个人最甜、最幸福的时候。因为他明明还不是你的男朋友，但还是对你好。这种好是超出你预期的，所以很特别。

但是，暧昧期也有不好的一点——你没有资格去管他。就比如我跟张子凡在暧昧期的时候，他去跟别人唱歌了，那时我很生气，我想叫他回宿舍。但是我没有资格去说,只好由他去了。也有很多渣男渣女,就爱钻这样的空子。所以,一旦发现这样的问题,就赶紧断掉这段关系。

如果说,你处在一段暧昧关系当中,但是你等啊等啊,他一直没有跟你表白或者说出那句话,其实你可以先说出那句话。很多时候是双方在较劲,觉得谁说出这句话了,谁就输了。但其实这对两个互相喜欢的人来说是一种折磨。所以,谁先说都没关系啦,反正最终在一起了就很好。张子凡就是,他跟我在暧昧的时候,经常会问我有多喜欢他,我也会问他有多喜欢我,从一到一百打分。他那时候给我打的分总是八十、九十这样慢慢地递增。但是,到九十九分的时候就停住了。当有一天,他突然和我说:"怎么办,到一百分了。"他没头没脑地说了这么一句话,估计只有我能懂。这是我们从喜欢到爱的一次跨越。

张张:

我们的暧昧期好像不到一个月。叮叮也讲,如果是想从暧昧期进入恋爱期的话,肯定是要有一方说出来的。对,主要讨论的是这个"说"的方式,那最简单、直白的方式就是表白了。但是大部分人不会直接地说,"哎,我喜欢你,我们在一起吧"。好像大家都是很委婉、很暧昧地去表达。然后看对方能不能明白自己说的话,一旦明白了,那自然而然就成了。

我们也没有那么准确地说是哪一天在一起的。后来的恋爱纪念日,是我们两个商量后定了一天。所以其实也没有大家想的那种愚人节表白(我们定的纪念日是4月1日)的事。

暧昧时期,就好像是一个朋友给你了一点儿糖,给你一点点甜味，你就会觉得有点儿浪漫。

　　暧昧期的事情，我们记得很清楚。就算到现在快四年了，再拿出来讲的时候，我们也会觉得甜蜜。暧昧虽好，但还是不要太久，该让它结束，进入恋爱期，就赶紧进入恋爱期。不要让它从美好的回忆变成双方的遗憾。

恋爱招待所 008

问题：怎么保护男生的自尊心？

叮叮：

对于这个问题，我们选择评论里比较具体的问题——"如果男生的工资没有女生的高，该怎么保护他的自尊心？"来回答。其实像之前张张会比较在意的，就是说好像我很受欢迎，张张没有那么受欢迎，他就会有点儿自卑。但在我的心里，张张是有很多长处的，没有他的话，也就没有现在的我，所以我是从心底认同他的。你首先要认同对方，然后才能做出保护对方的举动。那在这个前提下怎么保护男生的自尊心呢？

张张觉得自己有点儿胖，第一次去我家的时候穿了一件显瘦外套，那天晚上到了我家之后，他很紧张又很热，一直出汗。而当我发现他的窘境的时候，我就会及时地去想一个巧妙的回答。

我又想到了一个，就是显示自己的弱小，也是保护对方的自尊心的方式。如果说男生想要表现自己很强大，但是你可能比他强的时候，你可以收一收自己的锋芒。

那这个问题总结下来一共有四点：第一，你自己要认同对方。第二，你要细心地观察他，发现他的窘态，然后暗中去保护他，维护他的自尊。第三，发现他的长处，然后不断地扩大。第四，让他知道自己被需要，不管在哪个方面，让他知道自己被你需要。有时候我们也可以收一收自己的锋芒，然后做小女人，哈哈哈。

张张：
那时候我们两个人刚工作，我的收入确实没有叮叮高。因为她去当舞蹈老师其实收入还可以，我的收入有一点儿难以启齿，男生也确实会觉得憋屈吧。然后叮叮就会主动给我打钱，哈哈哈，就是比如和朋友一起吃饭的时候，叮叮会主动给我钱，让我去买单，从而保护我的自尊心。

我第一次跟他们家人吃饭的时候，我就有点儿不好意思把我的"显瘦外套"脱掉。叮叮爸就一直说："你这么热，一定是因为这件外套，你穿两件怎么会不热？赶紧把外套脱掉。"这个时候就是我最尴尬的时候，叮叮主动跟她爸爸说："没事，让他穿着，这是他的搭配。"她也不会说我是想看起来瘦一点儿什么的，这样我会更尴尬。她帮我维护了我的一点点自尊心。

我能感到叮叮是认同我的，我觉得只要她认同我就够了，别人认不认同我不在乎。我有时候会想到叮叮拖着小小的身躯去为我出头的时候，光想想都觉得很感动。但是我不允许这样的事情发生，知道吗？

我突然想到了《请回答1988》。关于示弱，我也写过一篇文章。

剧里的妈妈出差回到家，发现家里很干净，家里的一切井井有条，家里的男人们也过得很好，自己不再被需要了，于是感到难过。这种时候就是男生们显示自己弱小的时候了。"妈，我不会用蜂窝煤，你过来给我弄""老婆，厨房又炸锅了，还是你来煮饭吧"，用这样的方式来保护妈妈的自尊心，让妈妈感觉到自己被需要。

恋爱招待所 009

问题：如何处理与前任的关系？

叮叮：

这个问题真的问得很直接。"前任"这个词是所有情侣的一个雷区。

我觉得我们两个聊前任最多的一个时期，是刚刚暧昧的时候。当时聊，其实也不会生气什么的，因为你跟他的感情还没有到那种很深厚的地步，所以你作为一个旁观者或者是一个朋友去看待他跟前任的时候，你不会生气，反而可能还会给点儿建议。

但是之后，这就是一本厚厚的旧账。那这个问题就衍生出了恋爱时期的一种心理，就是："你会不会在意你的另一半跟前任做过的一些事情"。我在写碎碎念时写过。当时我觉得我很在意，其中有提到他给前女友系鞋带这个事情，那段时间我就很生气，我坚决不让他给我系鞋带。当时真的挺不好受的，也不是生气，就是很难过。比如说我很喜欢你，但你又跟别人做过那种事情的时候，我就会想，我为什么没早点儿认识你，为什么你之前一直……你懂这种感觉（灵魂拷问）吗？后来我就想开了，就觉得我以前也跟别人做过很多事情。我要关注的是当下，如果男朋友有某件事不跟你做，只跟前女友做，那是真的该翻脸了。

那第二点呢，是有现任之后跟前任的关系。我就是无所谓派，完全不对他带有一点点的情绪了，完全不在乎，所以我也不在乎要不要删他，还有，删这个动作也是带有情绪的。我根本就不会点他的头像之类的。其实在我跟张子凡刚在一起的时候，在他的威逼利诱下已经都删了。我觉得我能做到的就是问心无愧，起码对自己很坦荡。觉得不管发生任何事情，你来质问我的话，我都能很坦荡地跟你说"真的没什么"。

如果不能像我这样不带任何情绪的话，那就像张张这样，把他的联系方式删光好了。

张张：
希望大家能果断放下你和前任之间的故事，更关注于你们两个现在的感情。关于有现任之后跟前任的关系，我是死不联系派，删除对方的所有联系方式。每当一个前任发出一条"我想你了"的短信，就会有另外一对情侣在难过、吵架。我们俩希望所有的前任管好自己，过好自己的生活！这样就挺好的。

恋爱招待所 010

问题：异地恋除了聊天还能做什么？

叮叮：

我们两个其实没有长时间地分开过，最多就是过年回家的时候。可以一起打游戏，找一个你们俩都喜欢玩的游戏。而且要有一个共同的话题。如果你们玩不到一块儿去的话，比如说你想玩游戏，他想看剧的时候。你们就开着语音，这样你们就可以随时分享自己的心情。

其实以前的异地恋，你会觉得她生病了你没办法陪她；她饿了你也照顾不到她……但是现在不一样了，如果她生病了，你可以点药过去给她；如果她饿了，你可以点个饭过去……以外卖的形式去照顾她的生活起居。

还有比如说我今天逛商场的时候，看到一个什么东西比较适合张张，我可能就买了这个小东西快递到他家，说"我今天逛商场，觉得这个东西很好"。收到的那个人就会觉得,有人时时刻刻都在惦记自己。我觉得异地恋的时候还可以写交换日记。比如说把自己一天的经历写下来,然后跟他交换着看。

还有呀,异地恋的情侣还可以干的一件事情,就是看老张与叮叮的微博啦!哈哈哈哈。

因为我们俩没有真正地谈过异地恋,所以我们说的不一定都适用。今天我们特地邀请了嘉宾小强,异地恋能手!

问题1:你跟聪聪现在异地恋多久了?

小强:大概七个月了,一眨眼的工夫。

问题2:你们俩现在多久见一次面?

小强:大概两周一次。

问题3:除了聊天,你们俩还会做些什么?

小强:我跟聪聪平时除了聊天,还会给对方留比较充裕的时间,比如说她会比较喜欢跟小姐妹聚会,我则喜欢跟你们打游戏。

叮叮:也就是说,你们会给对方留充足的个人空间。

小强:对,但是会提前让对方知道。

叮叮:我觉得这很重要,你要提前跟对方说你要去干吗,这样对方就会更有安全感。

小强:还有,我们基本上是互穿衣服的状态,所以我们也会在视频里面互相搭配衣服。

叮叮:互相给对方搭配衣服?

张张:像我们俩就不能互相穿对方的衣服,但是不影响互相搭配。这样的话,会有一个每天出门穿的衣服也是我女朋友帮我选过的感觉。

小强:这样会产生还在彼此身边的那种感觉。异地恋还是不要太久为好，要经常见面，经常在一起。

叮叮：我觉得异地恋不能无期限，你得让对方知道什么时候异地恋会结束，有个盼头就还好。

叮叮：我们说出来是比较容易的，但是真的做到比较难，因为时间真的会磨灭很多东西。

张张：希望大家能好好地把异地恋坚持下去，一定要坚持，要加油。

张张：

我们就分享一些我们觉得异地恋除了聊天还可以做的事。不一定非要王者荣耀或者"吃鸡"这种，也可以是欢乐斗地主、麻将，还有你画我猜、在线狼人杀、剧本杀等你们俩可以一起去玩的游戏。这样的话，一方面能增进感情，一方面能打发时间。

还有，用"00后"的话来说，叫连麦，连着麦，两个人各自做各自的事情。还有一个就是你们可以互相给对方点外卖。比如说我们两个现在是异地恋，这时候你说"我下班了，准备去吃饭"，我说"外卖我给你点好了，放在你公司前台了"，然后叫你去拿，这样就会有一种很贴心、感觉对方就在你身边的感觉。此外，我觉得还可以制造一些惊喜。

写日记也是一个很好的习惯，因为你们两个可能在不同的地方，你可以把一些你去过的、觉得好的地方记录下来，然后分享给对方，就说"你来后，我们可以一起去看"。还可以在网上看，比如说看了我们俩的微博，就可以说"张张和叮叮今天去参观了中国美院，特别漂亮，下次我们去杭州时可以一起去看"。你跟对方一直抱有一种共同的期待，两个人就会一起向同一个目标前进。

恋爱招待所 011

问题：两个人要怎么确定结婚？

叮叮：

我觉得先说相处程度吧，硬性条件那些都可以因为你爱的那个人而起伏变化。从时间上来说，我们是三年嘛。我觉得就是从你的心理上先安定下来，你问你自己，你想不想和这个人一直走下去。然后还有一个就是你爱的那个人，是不是你愿意与之结婚的人。你要考虑好的是，你们俩结婚之后会很长时间住在同一个屋檐下。在这期间，你们会有很多的缺点暴露在彼此的视野里，你能不能包容对方的这些缺点？比如说家务的分配、生活方式的不同、饮食习惯的不同等都可能成为你们吵架的原因。

求婚或者确定结婚这件事情听起来好像很可怕、很麻烦，但其实是很简单的，像张子凡跟我求婚之后，我们的生活并没有发生什么变化。

那还有一部分呢，就是硬性条件，我觉得这也是比较致命的。比如说负责任一些的男生，他可能就会考虑先立业再成家。但我的观点是你遇到了那个对的人，就不要让她再等了。其实我真的能够理解女生家里人反对，然后闹得很僵的情况。父母是真的很爱你的，他们会阻止你，也是因为他们没有安全感，然后担心你。如果你能够证明你跟对方在一起可以过得很好，爱你的父母是不会强求你的。所以这又是一场持久战，就跟我们的"回旋镖计划"一样，你可以跟他们说"给我们一点儿时间，让我们证明这件事情是可行的"。

所以我们的主张是：如果要结婚，一定要跟自己爱的人结婚。如果你足够爱他，你就能确定自己想要跟他结婚。

张张：

我觉得我们俩能回答的就是，到目前为止（订婚）我们俩的状态。其实结婚不像谈恋爱那么简单，结婚要考虑的东西很多，得分成几个方面：硬件条件、感情深度、相处程度等。

我就说说自己的想法吧，我当时为什么要求婚呢？在某一个瞬间，我忘了是因为什么，我突然觉得我要给她一个承诺，我想要这一辈子，我全部的人生跟她一起过。在那一刻，我问我自己，"你还想不想再跟其他女孩接触""你还想不想再有艳遇"……我不想。我只想跟丁钰琼在一块儿。那接下来的事情肯定就是求婚了。我真的是这么想的，我肯定要率先拿出诚意来。

两人同居之后会发生太多太多的问题。我们两个是在一起住了一段时间之后，才觉得挺合适的，而且觉得我们越来越合得来。这是这个过程中磨合好了，也有很多人在这个过程中没有磨合好，就没有走下去了。所以，这也是一个很重要的确定你们是否结婚的条件。

还要确定你能不能包容对方的一些缺点。这种缺点不是那种人格上的缺点，不是说他这个人很烂。他其实也挺好的，但他也许就是不爱干净，也许就是从来不洗袜子，也许就是从来不叠衣服呢，这样的情况你是不是都能包容呢？

订婚就是给双方吃了一颗定心丸，还给双方的家人吃了一颗定心丸。已经订婚了，那就慢慢来吧。让家人知道你们两个已经稳定下来了，确定彼此了。

还有一些，比如"先成家，后立业"，我觉得这是时代的问题。

回到最初的问题"两个人要怎么确定结婚"上来，你们足够相爱，你们能接受对方的缺点，能接受自己因为他而受到父母的质疑。当这些你都能接受的时候，那就是你确定要跟他结婚的时候了。

一切顺其自然吧。

恋爱招待所 012

问题：怎么熬过冷淡期？

叮叮：

我们有冷淡期吗？什么时候？哈哈哈哈。问题中的"熬"这个字像是在说你很痛苦，想要快点儿解脱。

我不觉得我们有冷淡期。但我喜欢一个人的时候一定是那样不断起伏的。其实你可以这样看冷淡期：如果生活是平淡的，那么它就是一条直线；当生活中有甜蜜的时候，它就会往上走。

另外，分享是很重要的。哪怕是我可能反应没有那么积极的时候，他还是会跟我分享。

还有就是平淡期的时候，我会尽量让自己不表现得那么明显。比如说我有时候对张子凡提不起什么兴趣，特别是异地恋的时候，但是我会让自己不表达出这种消极的态度，因为异地恋嘛，我可以尽量……就是你不要传达你的消极态度，如果对方也感受到了你的这个态度，对方也会产生消极的心理。这时你要是对对方说"你给我一点儿什么，我现在感觉生活好平淡，我觉得我对你提不起兴趣了"，然后要求对方做一些让你惊喜或者开心的事情，其实是没有用的。

这种时候我会去看一些韩剧或者甜甜的剧，比如说《爱的迫降》或者是《下一站幸福》或者是《想见你》啊，我会永远让自己保持想要恋爱的心态。

两个人一定要多交流，光靠一个人努力没有用，得双方一起努力才行。

张张：

提问的朋友说"如何熬过冷淡期"，我觉得就像评论里别人说的，如果你觉得度过一个时期是"熬"的话，那可能你们的感情已经处于一种不健康的状态了。就像我们生病时会说："啊，赶紧熬过去吧，等到病好了就不难受了。"这当然是不健康的。

我觉得任何一种感情，不管是爱情还是友情、亲情，都是有起伏的，都是波浪形的。在爱情中，这样才叫喜欢啊，你不可能一直觉得"哇，这个人怎么这么完美，我每天都那么爱他"。

我想过一件事情，就是我跟叮叮差不多二十二岁在一起，到我们结婚生子，到我们变老，可能要到七八十岁，那我们两个一起度过的时间就有五六十年，这么长的时间里，谁才是真正的主角呢？答案我和叮叮都知道——生活。很多人说生活是一杯水，它就是平淡得像一杯水一样，没有什么味道，可这就是生活。

所以，你应该期待的是终于要到冷淡期了，那我们过一段时间又会变甜蜜了。而不是说我们之前那么甜蜜，现在怎么这么平淡？

所以生活就是有起伏的，如果你能正确地面对这种起伏的话，那冷淡期对你来说也就不是"熬"过去了，而是快乐地度过它。

我们就是要傻乐。虽然我们的生活是平淡的，但这个世界不是。世界上每天都在发生很多开心的或者难过的、戏剧化的事情，虽然我们的生活没有那么戏剧化，但是我们可以看别人的生活呀，当我看到之后，就会去跟叮叮分享，因为我们两个不是每天都一起在看手机，当我看到一件事情时说："哎，叮叮你看这里，会怎么怎么样，哇，真的很感动。"这样，我们两个人就会有很多的共同话题去度过这些日子。这种感觉会让我觉得，我们两个正在一起度过这一生，不管这世界上哪个角落发生了什么事情，我在跟她分享，我们俩的记忆中就会有我们一起经历了很多事情的感觉。

下一点就是要一起做一件事情，一起去完成一个目标。大家看到很多情侣是一开始都很胖，然后两人一起健身，一起变得很瘦。这样给人的感觉就是，他们在共同进步。你知道平淡期是会过去的，那在这个时间内你就想尽办法让自己去度过它，而不是传递给对方消极的状态。

最后就是最关键的一点，两个人要一同面对平淡期。

PART 04

好想和你过余生

棋逢对手，见招拆招（情话集锦）

01

会有人让你在高速路上醒来，
为你收拾好零零碎碎的行李，
买好各种零食，
挑最仙的裙子给你穿；
带你去山上看云海翻滚，
搓好几遍浴缸，
把你搂在怀里说爱你。
而你只要无条件地相信他，
即使落了好多东西也没关系，
你们还在就可以了。

02

想来，这世界上还有你跟我抱团，
我也算是有组织的人了。

03

我不想要大红大紫,

只想在你心里小有名气。

04

把大骨汤熬成奶白色的,

橙子切成一瓣一瓣,

卡在嘴上变成假牙。

你笑着说我傻,

帮我拿掉嘴边的芝麻。

今天天气好冷,

秋裤的裤脚一定要扎在袜子里。

想温暖,

就要钻到你的怀里。

05

我想时时刻刻抓住那些细碎的美好:

比如点咖啡时她记得我要少冰、无糖;

比如看动画片时她噘着嘴说自己也想像个仙女;

比如给她拍照的时候她穿着白裙子,

让她原地转个圈,她就跳起了舞,

裙子随风飘荡。

这些短暂得不能再短暂的瞬间,

让生活有了温度。

06

"你知道吗,你就像夏天的夕阳。"

"为什么像夕阳呀?"

"因为晚上就可以跟你睡觉了。"

07

"哎呀,你拍点儿风景,不要老拍我。"

"拍风景我没有别人拍得好,但拍你,我世界第一。"

08

我想,家里应该有个落地窗,

上面应该有个窗台,

旁边还应该有个你。

09

我这个人很不容易满足,

下雨天时的卧室,

夕阳下的红茶,

清晨的咖啡,

夜晚的虫鸣,

我都觉得一般。

但和你在一起的时候,

我又变得很容易满足,

因为我身边的人是你。

10

我一见你就笑,然后我笑你也笑。

11

你知道发烧到三十九摄氏度以上,
恍惚的时候被人偷亲额头的感觉吗?

12

专一不是一辈子只爱一个人,
而是爱一个人的时候只爱一个人。

13

为什么明明天蝎座的人和射手座的人相爱相杀,
可我们还能在一起呢?
"因为是你,因为是我。"

14

每个人幸福感的来源不同,
从生活中积累的点点滴滴的小幸福,
是我幸福感的来源。

今天他给我涂个指甲,
明天我给他做个蛋糕,
后天我们一起煮个拉面,
一起稀里哗啦地吃吃喝喝真的是很满足了。

特别放送——过去的旧情书

2016.4.13（叮叮）

今天你在十字路口等我，远远地看着像个小矮子，走近一看是个一米九的大个子。我们见面时，我总是会先尴尬一阵，会害羞地想躲在后面不让你看，会害怕自己不够好，配不上你。

路边有个小摊，摊主说玩个小游戏：数字一至六百不写错，就能拿礼物。我们觉得好简单。结果现在才知道我只能写到一百一，你只能写到一百二十四。看来，我们觉得简单的事，也抵不过粗心和分心。

这几天，我慢慢了解了你的生活、家庭，觉得我们又近了一步。你就是一个大男孩，善良、孝顺、敏感、细心、害怕尴尬、会委屈自己成全别人。我大概知道你的经济情况、人际关系、学习状态、生活习惯，但我们可能还没有那么熟吧，觉得你会小心翼翼地与我说话。我想把自己的一切告诉你，却又害怕会把你吓跑。

今天我们一起吃饭的时候，你说得挺对的，我的缺点是只能专心做一件事。比如前段时间我在看书,你出现之后,我就没办法静下心来看书了,老想着你。

我希望以后我们在面对彼此的时候,都能安心地做自己的事情。

我希望这一切是正确的,让我可以很安心地跟你在一起。

2016.4.13(张张)

我从认识你到现在,有一个多月了吧?我感觉我们的感情进展得好快,从说客气话到现在什么都可以说,从走路相距一米到现在到哪儿都牵着手。

我认识你之后,时间都变得好快,回想一下这段时间好像没什么值得纪念的事,却又好像做了很多事,总之全部是你,全关于你。

如果给我一次机会重新来过,我想我还是会选择认识你,还是会选择那个下雨的星期天晚上去试镜,还是想说"很高兴认识你"。

今天是第一次写交换日记?是的,第一次,以前没有这种习惯。

以上是对这段时间的总结。

然后我想说,我真的好喜欢跟你接吻,好喜欢跟你拥抱,好喜欢见你,你别嫌我烦就好。

今天我有种特别的感受,你去龙舟池旁边上洗手间,我站在门口等你,你出来的时候从背后抱住我,我的天哪,那一瞬间,我觉得我好幸福,真想和你就这样一直在一起。

好了,就到这里了……晚安!

2016.4.15（张张）

今天中午，我跟室友一起下楼，走到小吃街的时候，我说："我要去给叮叮买吃的，先走了。"

他说："天哪，你居然给女生买吃的？你这么走心？"

在他看来，我对女生可高冷了。但对你好像例外……

你中午买了成都拌饭，我好想吃鳕鱼堡，但刚好没有了。你每一顿都要把自己吃撑，我已经大概知道你的饭量了，以后要帮你计算着，总是吃多不好。

下午拍戏，下了很大的雨，我们在别人面前挤眉弄眼的，也不知道他们看到没有，哈哈哈，其实每次拍戏偷偷跟你对视的时候我都觉得好甜蜜。

晚上陪你去上课，外面好冷啊，冻得我流鼻涕，不过想想一会儿就能跟你去吃好吃的了，时间就好像过得快了很多。下课后，你吃了你一直想吃的芝士圈，你的芝士圈太腻了，还是我的咖喱焗饭比较好吃。

我觉得跟你在一起的这些天，我真的找到了恋爱的感觉，完全不是为了排除寂寞或者是其他原因，就仅仅是因为我喜欢你，打心底毫无保留的喜欢，什么好的都想给你。你不要觉得压力大，我不想给你压力。我也会处理好我和别的异性的暧昧关系，有人和我聊天我也会跟你讲清楚，以后也不再会有跟我关系暧昧的人，嗯，我跟你保证。

晚安！

2016.4.17（叮叮）

今天又早起，他执意陪我，我俩就早早地去了教室。我真的好困，但因为有了他的陪伴，我也就没有坏情绪了。

到了教室，刚好有个男生给我发消息，我就顺便让那个男生带杯椰汁过来。结果张张就生气了……他还故意让一个女生给他带水，我去上洗手间回来时，发现那个女生还坐在了他边上，呵呵，他真厉害！后来他说，能气到我，他超级开心……天哪，天蝎男……

他说他喜欢我到七十五分了，我以为起码有八十分了呢。哼！我希望吃醋只会让我们的关系变得更加好，而不是演变成吵架、分手！

我今天最不开心的是，去 BRT 的路上，我被不知道什么动物的屎滑了一下，差点儿摔下去。

他竟然笑了我一路，脸都笑抽筋了，要不是我威胁他，他还要跟别人说我的糗事！

我突然想到昨天他还跟室友说了我的另一件蠢事，我的形象都被他毁了！

我希望他不要把我的蠢事都告诉别人，虽然他觉得我这样很可爱，但明明是因为他喜欢我，才会觉得我可爱的啊！他难道不知道吗？

我说经常能在对方身上找到闪光点，而他说他很容易看到对方的缺点。那我这么多缺点，他慢慢发现了，会不会跑掉呢？回去的路上，我们又亲亲抱抱的，不好好走路，他还说我像个傻瓜。他明明每天损我，还埋怨我不夸他，天天找碴儿，我想揍他！

2016.4.17（张张）

这一篇是某人因为我交换日记字数太少生气了，给她的奖励。

该从哪儿说起呢？其实我不是很会说那种天花乱坠的情话，我也不喜欢说，觉得虚伪又没有意义。我只想把我最真实的情感表达出来让你知道，所以总是偶尔冒出那么一两句，每一句都发自肺腑！

我不喜欢听你说你的感情史，但是又耐不住好奇去问。我也怕被你拿去和前男友比较，不是怕输，只是怕我在你心里和之前的每一个没什么不同，想做你的最特别的那一个或者做你的最后一个，因为，你在我心里已经是最特别的那一个了。我愿意对你主动，愿意等你，愿意陪你做你想做的事情，愿意带你去吃所有的好吃的……

不知道要怎么做才比较浪漫，我也不是个浪漫的人，不知道你会喜欢哪种男生，所以总是在你面前夸自己，让你看到我的一点点好，也是一种进步！

我以为随着年龄的增长，喜欢一个人会越来越困难，却发现喜欢你好像只用了几天。

我就是想跟你傲娇一下都傲娇不起来，你生气嘟嘴的时候我想吻你；你开心大笑的时候我想吻你；就连你踩到屎的时候我都想吻你。

我对你的喜欢早就不止七十五分了吧……

2016.4.19（叮叮）

送你一首小诗：

如果想念有声音
那应该是从我的耳朵进去

穿过我的太阳穴、发根
到我的头发尖

如果想念有声音
那应该是
"大鱼大鱼你喜欢吃什么呀"
应该是
"粉红色袜子配美腿"

如果想念有声音
它从我的耳朵进去
入我的心,我的肺
到我的手指尖

如果想念有声音
那应该是
"狗尾巴草"
应该是
"来不及解释了,快上车"

如果想念有声音
从我的耳朵进去
到我的膝盖,我的脚踝,
再到我的脚指头

如果想念有声音

那应该是

"别吃了,再吃一口就要撑了"

应该是

"丁钰琼,我喜欢你"

我们的每一句话

都从耳朵进去

在想念出声时

灌进脑海

经过眉毛、眼睛、鼻子

最后从嘴巴出来

我想你了,张子凡。

2016.4.19(张张)

今天是某个人去广西玩的第一天。

我本来很烦你要去玩这件事的,才刚过几天热恋期就要分开一周,我舍不得你啊。后来有一天,你写日记的时候说"小别胜新婚"。哈哈哈,我就乐了,后来也就想开了,反正你肯定是要去的,我要是不高兴的话,你肯定也玩得不开心吧?

我上了一天的课,见不到你,我的心里空落落的。晚上我在宿舍睡了一觉就开始打游戏,打到熄灯,一点儿意思都没有,见你比打游戏有意思多了,哪怕就坐在那里看你,都比赢一把排位要开心。

我这一整天心不在焉，老想起你，一直给你发消息，看你去了这里，又去了那里，都是我没见过的风景。我好想和你一起去旅行，跟你去看陌生的城市，带你去吃当地的美食，每次看你吃到美食时那满足的表情，我都好开心。

我以前恋爱时，总是在索取，希望她做到这个，做到那个。现在我觉得，真的喜欢一个人，就是想给她一切。看她满足我也满足，看她开心我也开心。

你在遥远的地方发语音跟我说你吃到了什么好吃的，我在屏幕前都是笑着的，反正好像所有的情绪被你牵动着。

我想你！

2016.5.2（张张）

两天没写日记了，4月30日我从厦门去龙岩找你，我去错了车站……差点儿赶不上车，把某个小笨蛋急坏了，我都没急，她比我还担心。到了龙岩，她偷偷在等我，我一出车站，她就从我身后拉住我的衣角，我心里好欣喜，但又不想表现出来，她说我脸红了。

我在那里见了与她一起接商演的朋友陪她做活动。看她在台上跳舞的样子，我站在逆光的地方，灯在她身后，她逆光的影子都美得不可方物。我真庆幸自己喜欢上这样一个女孩，这么美，想给她拍照，但拍照技术太差，还是算了吧。

我喜欢和她待在一个陌生的城市，好像这样可以逃离生活中的那些琐事。

早上我刚睡醒，她就发消息说给我带了早餐，在门口了。我好喜欢这种感觉，觉得她好像也为我付出了很多。

我才发现我们都不是那种非要去逛个景点才算旅游的人，待在陌生的地方，两个人买一大包零食、几罐啤酒，叫一份卤味外卖，在房间看电影也能津津有味的。一回想起来，我就觉得好爽，能每天过这种生活就好了，不过大概也是因为得来不易，才显得轻松舒服吧，每天这么过应该也会失去乐趣。

今天，我觉得我爱上她了，我也不知道是因为什么，只是那么一瞬间，我想抱着她，对她说"我爱你"。

"我喜欢你"已经不能表达我的感情了，那我只好说"我爱你"了。

我还知道了她的一个小秘密。我真想知道她一切的小秘密，想自私地把她据为己有，坐火车回厦门的时候，我躺在她腿上睡着了，觉得我们之间好像做什么都很舒服，大概我们也是命运规划局的规划书上写好的那样，命中注定要在一起吧，两个人互相吸引，互相热爱。

我爱你，傻瓜，感谢这三天。

2016.5.5（张张）

今天我们又是晚上才见面，我觉得每天最开心的时候可能就是我们独处的时候，从石鼓路到宿舍，这段路每天都走得很慢，两个人接吻、拥抱，说很多的话。

我愿意陪你做任何事，所以你觉得烦恼的事我都会跟你一起解决，所有的烦恼就会迎刃而解，我只在乎是不是跟你在一起，不在乎这件事有多难，真的。

今晚你说你给我加了一分，那关键的一分，你说你爱上我了（虽然你还没亲口说），但我真的好开心，我有自信你会爱上我的，一定会！

2016.5.7（叮叮）

今天下午好热，我整个人都不好了。我晚上上完课，他来接我，一起去吃了过桥米钱，我整个人又舒坦了，嘻嘻。

散步回去的路上，我又说错话了，但他说就算是吵着架，他也还是好爱我。也许我面对越喜欢的人时，就越爱闹吧，喜欢看着他对我又恨又爱又无奈的样子，生着气却还是搂着我、亲我，舍不得放开我的样子。我真的感觉到了你有多爱我。以后我尽量不说这种让你不开心的话，我会改。你说你只会走九十九步，让我走那一步，我现在迈开脚步，走那一步了。

我们在便利店吃冰激凌，你说我们吃完应该回家，一起做饭、看书，然后抱着睡觉。我好喜欢，期待以后的生活。

晚安，爱你！

才分开一小时，我怎么就开始想你了？想你颈窝的弧度，想你手心的温度，想你嘴唇的味道，想你眉毛的形状，想你的气息喷在我脸上那酥酥的感觉……我很容易就坠落到有你的梦里了！

2016.5.14（张张）

今天中午，我和她还有室友一起吃了饭，之后各自去体检。我突然发现我和叮叮的生活也有那么一小点儿交集，在体检的地方居然也能碰到，也许之前每一年体检时，我们都在同一个时间、同一个地方出现过，只是我们没有注意到对方。

我在做最后一个项目的时候，猜测她可能要来了，就从窗户往外看，在很远的地方一眼就看到她了，以前觉得什么在人群中远远地就能看到一个人，这种事是扯淡的，我从没有过这种体验。我今天算是体验到了，我在那边的人群中不到两秒就能找到她，不管她旁边有多少人，好像都被虚化了焦距，我就只能看到她。

明天见！

2016.5.14（叮叮）

我真的不知道该怎么在生气或者难过的时候，控制好自己的脾气跟你相处。有时候我真的知道错了，也不知道如何表达出来，让你感受到。

我希望以后我们的衣服可以换着穿，朋友能一起见……不避讳所有的话题，谈两个人的世界观和价值观，我们的世界观和价值观就算不一样，我们也能互相包容。

我想像昨天那样，躲在你的怀里，我的每个毛孔都觉得舒坦。除了你又生气了，说我自私，摔门出去。后来你又敲着暗号回来抱我，太可爱了，我有跟你在一起一辈子的想法了……

看到你给我发了图，应该是你也给我写日记了，虽然我转身之后我们没有说话，但是能以这种形式结束吵架，这日记还是有用的，我想你了。睡一觉，明天还有好天气、好心情，还有好好的你！

2016.5.17（叮叮）

今天出了大太阳，我打着伞慢悠悠地走在路上，中午我本来是不打算跟他见面的，但他说要不要偶遇一下，我克制不住想见他，就答应了。

我们各自绕了点儿路，准备假装偶遇。我们约在涂鸦墙的那条路，那是一条挺长的路，我远远地就看到他了，看着他慢慢走近，脸上挂着压制不住的笑。他一走过来就抱我，两个人马上就黏在一起了。

我们现在见面不会像以前见面时那样尴尬了，即使我刚上完专业课，头发油到可以炒菜的程度也能见他，但他还是在我耳边一遍遍地说"我爱你"。

倒数的时间总是过得特别快，知道只有中午的这段时间能短暂地见面，所以我们才会更想黏在一起。最后，我们终于分开了，两人往这条路的反方向走了一段，我想闹他，于是转身张开手要他抱抱，他真的隔了好远，还是过来抱了我，真的好幸福，怕是要被宠坏了。

这是张子凡的风格，哪怕有很多困难，他都会走向我，过来抱住我！

2016.5.19（叮叮）

晚上他陪我去上课，带他走进培训班，家长、老师、学生都说他帅，嘻嘻，开心！但是最近我每次见到他，他都是好累、好疲惫的样子。我很不放心，讨厌他不注意休息，不爱惜自己，生活不规律，不吃早饭，真烦人，没办法天天盯着他，好烦……

和他在一起之后，我觉得自己像是有了一个"他"（《她》，一部讲机器人女友的电影），他几乎二十四小时与我保持联系，了解我、照顾我，敞开心扉接纳我。

回来的时候，我们在天桥上吵架了，只是为了一个称呼。他说："别人现在都相拥着等520（我爱你），我们却在这天桥上吵架。"我觉得好难过，又觉得好好笑，我一笑他也笑，吵架都吵不起来。我不喜欢他总是很认真地跟我说话，又喜欢他什么都当真，哪怕我一千次突然不说话吓他，他还是会慌，在意得要死。

520了,我爱你,一个好普通,每年都会有的,不太重要的日子。但因为你,这次变得好像不一样了。

2016.5.22(张张)

我一大早去陪你上课,就算很困也觉得很幸福,因为我们可以一起吃早餐。你抱怨我可能要迟到,可最后并没有迟到呀,你看我计算得多好?

你总不相信我很靠谱,但事实证明我真的很靠谱,除了有时候有点儿孩子气,其他时候都是值得你依靠的男人吧?我想让你放心地依靠我、依赖我。

我们在一起的时候,还是很想念对方,亲你的时候,我的气息都变得很重,想要把你融到身体里,可能这就是爱吧,彼此产生无限的吸引力,这么说来,你应该是对我产生吸引力最多的女孩子了。

你的语言表达能力和理解能力太差了!有时候我不知道你的语气,就觉得你很傲娇,然后一直吵也没有吵个所以然来。不要再那样直接转身走掉了,我想去抱你都没反应过来。我想你,周末都没好好亲亲你,真难受。

因为我们相爱,才会遇到这么多的问题吧?但我觉得这些问题都是可以解决的,我以前从没有这么想跟一个人有未来,就算吵架吵得我很生气,我都舍不得说分手。

我爱你,丁钰琼。跟我好好的好吗?

2016.5.30(叮叮)

今天好热,我们俩一会儿说要见面,一会儿又说不见面,他说都听我的,他怎么样都可以。然后我说不见面,他又不高兴,真是可爱。其实他就是想见我,但又怕见面太频繁了。

  下了课,我跟同学一起去买吃的,我说我没钱了,让同学请我吃东西。她给我买了个茶叶蛋,我说要两个,也给张张一个。哈哈哈,我简直太贴心了!因为这段时间我俩约会太频繁,两人都很穷。见了面,我故意买冰条诱惑他,他看到冰条眼睛都亮了,咬一口顶我十口!还一直跟我说冰条要化了,让他来拿,其实就是想独吞。

  就是因为互相喜欢,所以连这种小事也觉得很有趣,连没钱也是一种可爱的体验。回寝室之后,他打电话陪我洗衣服,聊到以后的事。他说,如果以后我需要找个能照顾我,或者在工作上能帮助我的男朋友,他会放手,但就是好舍不得我。这个傻瓜,不要这么想好吗,不要想把我让给别人,除了你,别人都不能给我想要的。所以,你只需要想着怎么努力给我更好的,我也努力,我们一定可以做到,只要我们坚定地走下去,相信对方,就没什么做不到的。

  爱你,希望没有什么能让我们离开彼此……

2016.6.4(叮叮)

他问我爱他吗,我说:"爱。"

"有多爱?"

"只要你爱我,我就不会不爱你。"

"以后如果我们因为异地分开了,你还会爱我吗?"

"会,我会一直爱你,你结婚时给你包一个大红包。"

"那我一定要请你来。"

"我才不会去,不想看别人牵着你的手。"

"你要过来带走我啊。"

"你都爱上别人了，要跟别人结婚了。"

"那，你那个时候还爱我吗？"

"爱啊。"

"那我就不会不爱你啊。"这一刻，我觉得自己离不开他。

2016.6.4（张张）

我已经三天没写日记了。唉，这样不对，不写日记就真的记不住当天发生了什么事，当时的心情过了几天也有点儿记不住了。以后还是乖乖地每天写日记吧，就算只记录当天发生了什么也好。

大概这几天我印象最深的就是你吃烧烤的事情了。我当时的心理活动也都跟你讲清楚了，就不在这里跟你赘述了。

第二天早上你竟然气得跟我说分手，我真的好生气啊。

我还记得上那节课时，我坐在倒数第二排，感觉整个人像个气球似的好多话憋在心里，就是说不出来，你还一副好像什么都没发生的样子。我后悔对你说了分手，但也好像明白了我对你是真的太在乎，在乎得过了头。太多微小的事情在我心里不断放大，就成了一件改变心情的大事。有时候架吵完了，我也真的不知道是因为什么吵起来的。生气的原因在事后想想好像也没有多重要。我大概也是矛盾的结合体，对你的喜欢让我郁郁寡欢。太在乎你的下场可能就是失去吧，唉，我不想这样。

2016.6.6（叮叮）

有时候我会想，我们现在的相处是真的还是假的。

你总说我是你的特别和例外，我也想说跟你在一起我变了很多，拒绝一切暧昧。你说其他人都不重要，所以我也觉得应该给你这样的安全感。我尽量多去考虑你的感受,尽量不乱吃醋,会做承诺。

我们都必须承认,我们之前也喜欢过别人,为别人付出过,为别人开心过,为别人流泪过。只是因为我们遇见彼此,之前的所有,我就想抹去,未来的所有,我只想有你参与。就是因为在乎对方,所以每个人都想成为对方的唯一,那天你说你走了第一步,我成了你的唯一,在我这儿,你也是唯一。在你身上,我在学习如何去爱一个爱我的人,我希望我不要总是伤害到你,我在变好的途中,你要等等我用更好的方式爱你。

2016.6.7(叮叮)

你说:"我向你求婚的时候,一定是我有能力养你的时候。"

我说:"那要好久哦。"

你说:"不会很久的,你等我。"

今天你陪我洗衣服的时候查了星盘,出奇地准,说我们俩特别合。我还是你的幸运星,越接近二十五岁,我们组合的力量就会越强,嘻嘻!希望我们能走到最后,要一直一直幸福下去……

2016.6.11(张张)

我们就慢慢适应彼此吧,总会有些小分歧和小问题,我相信都能解决,只要三观和原则问题差不多,这些事能阻挡得了我们?

现在这个节点我觉得也很合适,我们还有时间和机会磨合,等磨合好了,差不多也要工作挣钱了。工作稳定下来后,我们俩就可以商量订婚什么的了,多好?不像刚上大学的时候,要熬四年,变数那么多。我们的一切可以彼此商量着去做。你说对吗?

这段时间我们大概是真的到了磨合期和平淡期的中间吧。你会觉得跟我见面很累，我也觉得有那么点儿吧。但我还是很想每天都见你，就算天气很热，也还是想见你。

我想你，希望每天都比前一天更好。

2016.6.21（张张）

今天你说你要接一天两千五百块的活动，我跟你讲过这个活动不靠谱，不可能这么高的价格，你一直不信，还在跟我争，不知道什么时候要拍。结果转瞬间你就听你朋友说那个活动是假的。我很开心，开心不是因为被我说中了，是因为幸好你朋友告诉你是假的，要不然你永远也不会相信我的话。所以你朋友告诉你之后，我松了一口气，你终于不再惦记这件事了。

我一直不放心你，不管什么事情，如果我不陪你做，那我的心就一直挂念在你身上。

2016.7.5（叮叮）

前两天我才生过病，今天张张就生病了。

我排练完想去看他，但是他说要睡觉。等他睡醒后，他还是说很难受。我说想去见他，又不想他送我回去，但他觉得不能不送我回去。我就跟他说是跟室友一起过去的，到了他的宿舍，哎哟，第一眼真的没看到他，他灰头土脸地坐在那儿，可怜死了，拉着我在走廊里抱抱，他真的整个人好烫。

现在我觉得脸贴脸真的是一种爱的表达方式，两个人很相爱、很想亲近彼此的时候，真的就想用脸去蹭对方的脸……

我真想他，但是跟他说室友在楼下等，他就急急地让我走了。我们虽然见了一小会儿，但我更加想念他了。我命令他快点儿好起来!

2016.7.13（叮叮）

我觉得很多能走到最后的情侣，都不是能预见未来的，都是一步一步走过去，回头才发现，好容易就在一起了。我们现在想我们的以后，虽然很坎坷、渺茫，但不能直接跳过现在去看以后啊。因为一年以后的你，也不是现在的你，一年以后的我，也不是现在的我。我们就踏踏实实地做好我们要做的每一件小事，从最近的开始。这样也许我们就能不经意地走到最后。

2016.7.13（张张）

我在公交车上问你，以后有没有可能跟我回家，你说几乎没可能。我就有点儿失落，我也不知道我到底要去哪儿，可一个人在外总有点儿担心父母、家人。这里离家真的好远，特别怕爸妈需要我的时候，我不在身边。但我又不想放弃你，不想现在就因为以后的事而放弃你，起码要等到某一天，努力过还是不可以时，才能放弃。

下了公交车，你突然说，我们算了吧。我就有点儿不明白了，又突然想起来以前你说过，只要你说分，那就是真的分了。我很害怕，问你，你敢看着我的眼睛说吗，你就看着我的眼睛又说了一遍，然后转身走了。我有点儿呆住了，不知道要怎么去拉住你，也不知道自己该去哪儿，就转身坐在路边，坐了好久。我想跟你联系，又怕我们真的已经完了，真的怕，还好一切还没有结束，还好我们都舍不得对方。

写在最后

在这本书准备出版的这一年多里,我们的人生又好像发生了许多新的改变。

2020年初,我生了一场病,做完手术出院,在家里躺了三个月,我妈从新疆过来帮小叮一起照顾我。

虽然卧床这几个月有诸多不便,但是我有种因祸得福的感觉。

本来要是生活一切如常,我妈和小叮大概也没有这么多的时间待在一起。朝夕相处的几个月让她俩也逐渐熟络,甚至两个人一起出去买菜逛街,像是一对姐妹一般,完全没有出现电视剧里那种"婆媳关系不和"之类的问题,我心里的"石头",也终于落了地。

另一方面就是自己的心态有了改变,我开始觉得身体健康永远是生命的第一要素。每天躺在床上,连自己翻身都做不到的时候,我就会开始反思:到底我这一生要追求的是什么?

想明白之后,我才发现原来我追求的并不是大富大贵或者光宗耀祖这种"广而大"的理想，而是身体健康地陪伴在爱人和家人的身边，这就足够了。

所以对于这场病，我一直抱着很感恩的心态。

4月底，我带着"兄弟姐妹"去了小叮家，跟小叮家人提了亲。

那天晚上，我喝的特别多，也特别开心，恋爱四年之后，我们终于步入正轨，得到了家人的同意。

5月21日，我们领了证，在法律意义上正式结为夫妻。我们也从这个时候开始筹备婚礼。小叮的爸妈给我们算了日子，说10月27日很适合我们结婚，婚礼就定在了那天。

我们花了几个月的时间来筹备婚礼，想要在这一天给小叮和我自己留下最值得纪念的回忆。我们也确实做到了。

那天晚上，有一个从没打算过结婚的朋友跟我说，下午在沙滩上参加完我们的婚礼，让他人生中第一次有了想要结婚的念头。

我想，这大概就是和爱的人结婚的小小意义之一。

除了这些美好的回忆，"质疑"也是我们这一年的关键词之一。

去年9月份的时候，网络上出现了一些质疑我们的声音，说我们俩是假情侣，说我们因为"合约"逢场作戏。我们本不想回应，感情这种事本就没办法用什么方式来反驳，只有时间能证明。于是我们想停一段时间，刚好马上就要举办婚礼了，不想因为网络上的言论让举行婚礼的心情变得不开心。

于是我们停下来，回了我老家一趟，和家人在一起。那时候我常听的歌是艾福杰尼的《葡萄架下的篝火》。

婚礼结束之后，我们又恢复了记录生活的模式，去长白山过生日，去延吉吃正宗的拌饭，去厦门跨年。

就在我们以为生活恢复如初时，质疑声再次扑面而来。

而这次我们似乎无力抵挡。

"抄袭"似乎是对创作者们最大的质疑。恰恰是这种质疑，我们没办法拿出强有力的证据来反驳。

"我没有看过""我没有抄袭""我没有参考别人的视频"都只是空口无凭而已。这一次，我们比以往更加无力。

所以，我们又停下了。

小叮说，为什么正确的事没办法被证明。

我说，有很多事本来就是主观的，相信你的人本来就相信你，不相信你的人，则是借一个机会继续不相信你而已。

我们俩也达成了一个共识："我们做一些事的初心，只是为了开心而已。如果做一件事让我们俩觉得不开心、不舒服，那不做就是了，又何必那么在意其他人的眼光呢？"

也许有一天，我们还会继续用视频记录我们的生活，也许再也不会了。

但无论我们身在何方、在做什么样的事，我们都会好好生活、好好恋爱。

希望看到这本书的你们也是。

共勉

张张

2021.02.17